SAINT ANTOINE

DE

PADOUE

ET

SON PÉLERINAGE

AUX

GROTTES de BRIVE

GROTTES
DE
SAINT ANTOINE
A BRIVE
.CORREZE.

MAISON NOTRE-DAME A SAINT-ANTOINE

BRIVE (CORRÈZE)

F. PAILLART, Imprimeur-Éditeur, ABBEVILLE

V I E

DE

SAINT ANTOINE DE PADOUE

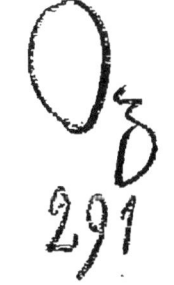

Saint Antoine

DE

Padoue

ET

Son Pélerinage

AUX

Grottes de Brive

GROTTES
DE
Saint ANTOINE
A BRIVE
.CORREZE.

MAISON .NOTRE-DAME A SAINT-ANTOINE
BRIVE (Corrèze)

C. PAILLART, Imprimeur-Editeur, Abbeville

Imprimatur:

21 Juin 1896.

† RENÉ-FRANÇOIS, Ep. Amb.

APPROBATIONS

Sur l'ordre du T. R. P. Provincial, nous avons lu attentivement la nouvelle *Vie de saint Antoine de Padoue*, par S. B.

Nous n'y avons rien trouvé que de très conforme à l'enseignement de l'Eglise. Nul doute que les personnes pieuses ne retirent un grand profit de la lecture de ce livre ; en parcourant ces pages au style clair et élégant, elles seront à la fois charmées et édifiées, et sentiront augmenter leur confiance envers notre grand Thaumaturge.

Ce dont nous félicitons surtout l'auteur, c'est d'avoir puisé aux sources historiques et d'avoir fait ressortir l'amour de prédilection de Notre-Dame de Bon-Secours et de saint Antoine de Padoue pour les *Grottes de Brive*.

Fʀ. CHARLES,
Min. Obs.,
Lect. Théol.

Fʀ. PAULIN,
Min. Obs.,
Lect. Phil.

C'est avec bonheur que je salue l'apparition de cette nouvelle *Vie de saint Antoine de Padoue* et que je souscris aux appréciations élogieuses des Examinateurs : elle a en effet le mérite de mettre en lumière le côté (trop inconnu de nos jours) par lequel saint Antoine de Padoue appartient à notre douce France ; il est nôtre en effet ce grand Saint par son origine : le sang des Bouillon coulait dans ses veines ; il est nôtre par les plus belles années de son apostolat : il a évangélisé la France de trente à trente-trois ans à peu près, tout juste les années de la vie publique du Sauveur Jésus ; il est nôtre enfin par le parfum de *prières* et de *pénitence* (1) qu'il a laissé aux Grottes de Brive et qui n'embaume aucun autre sanctuaire de France. Aussi la France, tout en vénérant les autres sanctuaires bâtis par la main des hommes, se reprend-elle à distinguer entre tous celui de Brive, bâti par la main de Dieu et choisi par saint Antoine lui-même. Que le Portugais se glorifie d'avoir son berceau ; que l'Italien se glorifie d'avoir sa tombe ! pour nous, Catholiques Français, soyons heureux et fiers de compter ses ancêtres parmi nos preux chevaliers, et de posséder la montagne sainte qui a été pour lui le Thabor.

« Que d'autres l'appellent Antoine de Lisbonne ; que d'autres « l'appellent Antoine de Padoue : pour moi il me plaît de l'ap- « peler Antoine de Brive (2). » Voilà ce que S. B., auteur aussi intéressant que modeste, raconte dans un style charmant.

Son livre sera une véritable révélation pour bien des catholiques dont la dévotion à saint Antoine consiste à l'invoquer pour retrouver les choses perdues ; ils ne soupçonnent pas qu'il est une des gloires de notre France, et que dans notre France il a un sanctuaire national plusieurs fois séculaire. Ce livre va restituer au grand Thaumaturge son droit de cité dans notre pays. Il rendra en même temps au sanctuaire de Brive la place d'honneur qu'il a occupée pendant des siècles, parmi les plus illustres sanctuaires dédiés à saint Antoine de Padoue, et qu'aucun sanctuaire de France ne peut lui disputer.

Brive, *aux Grottes de Saint-Antoine de Padoue, en la fête de Notre-Dame de Bon-Secours, le 16 juin* 1896.

Fr. OTHON, de Pavie,
Min. Provincial.

(1) Wadding.
(2) Mgr Berteaud, évêque de Tulle.

VIE

DE

SAINT ANTOINE DE PADOUE

On l'a surnommé Antoine de Padoue ;
eh bien ! moi, je veux l'appeler : ANTOINE
DE LIMOGES ! ANTOINE DE BRIVE !

(Discours de Mgr BERTEAUD, *aux Grottes
de Brive, 3 Août 1874.)*

INTRODUCTION

Martin de Bouillon, le père de l'illustre Saint, dont nous voudrions résumer pieusement l'histoire, était de la lignée de Godefroy de Bouillon, chef de la première croisade et premier Roi de Jérusalem.

Il avait épousé, tout jeune encore, Térésa de Tavéra, descendante d'une ancienne maison qui, vers le VIIIᵉ siècle, avait régné sur les Asturies.

Tous les anciens historiens sont unanimes à louer la grande valeur des Bouillon combattant les Maures, à ces époques religieuses où les chrétiens savaient, sur les champs de bataille, écrire leur profession de foi de la pointe de leur épée.

La gloire des ancêtres de Ferdinand de Bouillon est pour la France, un patrimoine national. Lui-même devait un jour lui donner une large part de son ministère apostolique.

Il y fonda de nombreux couvents. Après sept siècles révolus, la vieille Gaule tressaille encore, plus que jamais, au nom béni de saint Antoine de Padoue.

Il sema de préférence, dans le Limousin, la parole de vie; il y multiplia ses miracles, laissant aux Grottes de Brive, sa retraite préférée, le souvenir toujours vivant et vénéré de sa pénitence, de ses contemplations et des faveurs célestes dont il y fut spécialement comblé.

On peut établir, à l'aide de faciles restrictions, un véritable rapprochement entre le xiii° siècle et celui qui s'achève. L'apostolat de saint Antoine aida efficacement la démocratie turbulente de son temps à se renfermer dans les limites de la justice et de la charité, en ne s'inspirant que des leçons de l'Evangile. Les sociétés secrètes étaient alors la forme la plus redoutable de l'hérésie manichéenne. A Montpellier, à Toulouse, au Puy, à Bourges, à Limoges, nous voyons le saint réfuter les doctrines perverses qu'elle s'efforçait de répandre dans le peuple.

Si, de nos jours, la franc-maçonnerie constitue le péril social, c'est qu'elle est l'incarnation la plus complète de la révolution qui bouillonne comme un volcan sous nos pieds, et dont les éruptions deviennent de plus en plus menaçantes.

La franc-maçonnerie descend en droite ligne du manichéisme. Dans la lutte énergique que nous avons à soutenir contre elle, saint Antoine doit nous servir de modèle et de patron. Le Ministre Général des Frères Mineurs a répondu à la pensée du Souverain Pontife en faisant placer aux Grottes de Brive, pèlerinage de la France entière, le *Centre national* de cette *pieuse Union* de prières en l'honneur et sous l'égide du grand thaumaturge du moyen âge.

Empruntons à un naïf et véridique auteur, Dalmaïda, l'aimable récit de la fondation du couvent de Brive et de l'amour privilégié que lui portait le bienheureux :

« Notre prodigieux Antoine, ayant obtenu ce qu'il dési-
« rait du prélat de Bourges, retourna à son couvent de
« Lémoges, où, après avoir disposé tout ce qui appartient
« à la bonne administration de cette maison, il céda à un
« nouveau *Prélat*, le gouvernement de cette même rési-
« dence qu'il avait illustrée par sa bonne direction et
« par l'éclat de sa sainteté et de ses vertus.

« De là, il se rendit à une noble population nommée
« *Bribas* qui faisait partie du même évêché de Lémoges.

« Là, dans une plaine déserte, il fonda un couvent de
« son Ordre, et, après avoir bâti une église et quelques
« pauvres cellules pour les religieux avec les indispen-
« sables dépendances et commodités pour la commune
« subsistance de tous, il choisit au site le plus éloigné de
« l'enclos et le plus solitaire, une grotte pour lui, dans la
« nudité et l'aspérité de laquelle, *cet Ange composa son*
« *Ciel, cet Aigle son Nid, ce Religieux sa Cellule* (1).

« Comme il y avait là quelques gouttes d'eau qui cou-
« laient sans profit n'ayant pas de maître, il s'appliqua
« à l'employer pour lui servir d'aliment et d'innocente
« récréation, enseignant ainsi les hommes à être diligents
« et soigneux. C'est là, que, de nouveau, il se livra tout
« entier à l'austérité de la vie solitaire, enflammant
« héroïquement ses affections dans la contemplation
« divine, trouvant dans cette grotte le plus grand repos

(1) C'était plutôt une succession de cavités communiquant entre elles et formant plusieurs grottes juxtaposées.

I.

« d'esprit. L'absence des hommes et l'éloignement du
« monde lui procurant la meilleure union avec Dieu, il
« savourait, dans ces privilèges de la retraite, les faveurs
« les plus spéciales du ciel.

« Il se construisit, dit aussi Wadding, une cellule dans
« une grotte écartée du couvent. Il creusa dans le roc vif,
« un petit réservoir pour recevoir l'eau qui suintait goutte
« à goutte le long de la paroi, qui formait un des côtés de
« la grotte. Là, il se condamnait, à d'effrayantes austé-
« rités, il menait la vie érémitique et goûtait les délices
« de la contemplation. »

Le vallon des Grottes de Brive était séparé du bassin de
la Corrèze par une faible ondulation du sol qui semble lui
servir de clôture. L'horizon borné par les collines ajoutait
à sa solitude, tandis que les forêts de chênes et de châ-
taigniers qui couvraient encore la France lui donnaient
un aspect sauvage et religieux. Cet humble couvent,
perdu dans un coin du Limousin, allait devenir une
source de vie pour la contrée, et résister à tous les orages.

La grotte sacrée est toujours là répétant les gémisse-
ments de l'apôtre Franciscain. L'eau suinte toujours du
rocher, rappelant les larmes et les prières qu'il y versa.

« Les noms sont plus forts que la haine et l'impiété ; ils
« survivent à leurs ravages. Protestation des peuples,
« contre les crimes des époques affolées. »

C'est là que pendant le repos ou les contemplations du
Saint, le démon jaloux de ses glorieux triomphes, se rua
sur lui, et, le saisissant à la gorge, essaya vainement, de
l'étrangler. Antoine, dans cette suprême angoisse, avait
déjà murmuré sa prière favorite, l' « *O gloriosa Domina!* »
A cet appel, la Vierge-Mère était apparue portée par les
anges, éblouissante de lumières, ordonnant à l'esprit des
ténèbres, de lâcher sa proie et de disparaître de ces lieux
à jamais bénis.

C'est bien à tort que certains auteurs ont confusément placé ailleurs l'emplacement de ce miracle incontesté. Padoue, pas plus que la France et les villes italiennes évangélisées pendant les quatre ou cinq dernières années de la vie du Saint, n'ont pas de grottes connues. Celles de Brive, au contraire, affirment la réalité de l'apparition,

par l'autel que la reconnaissance du Saint y a érigé et par la statue de *Notre-Dame de Bon-Secours*. Cette statue objet constant de la vénération des siècles, est placée aujourd'hui dans une des principales chapelles de la nouvelle église, afin de la soustraire aux injures du temps.

Cette antique et naïve statue de bois, représente Marie en souveraine, *O gloriosa Domina !* Sur son bras gauche,

Antique statue de N.-D. de Bon-Secours.

elle soutient l'Enfant divin qui l'a
faite Reine; sa main droite tient le
sceptre, elle est couverte du manteau royal;
son air de commandement, sa bouche entr'ouverte semblent dire encore avec autorité :
« Retire-toi, Satan. »

La première Grotte en arrivant, la plus grandement
ouverte, est dédiée à saint François d'Assise dont elle
renferme la belle statue. Après, vient celle de l'apparition de Notre-Dame de Bon-Secours représentée par un
groupe. On monte ensuite par un escalier à double rampe,
dans la Grotte de saint Antoine. Là, se trouvait jadis, le
lieu de repos du Saint, une sorte de réduit en forme de
niche, assez large pour recevoir le corps d'un homme.

Grotte de Saint-François d'Assise.

A cette heure, cette grotte considérablement agrandie est enrichie d'un autel derrière lequel on vénère un antique buste du Saint. Au-dessus du tabernacle, est placée sa statue en pierre, jadis mutilée par les hérétiques, aujourd'hui restaurée. — Au fond de la Grotte, se

dresse le monument élevé à la mémoire de deux martyrs Franciscains qui versèrent leur sang, en 1565, pour défendre leur foi en la sainte Eucharistie et leur croyance en la suprématie du Pape. Ce monument a été bénit en 1895, l'année même qui ramenait le septième centenaire de la naissance de saint Antoine.

Monument de deux Martyrs Franciscains.

Dans la Grotte voisine, l'eau suinte goutte à goutte du rocher. Saint Antoine buvait à cette source ; depuis, les croyants n'ont jamais cessé de venir y tremper leurs lèvres ; elle guérit toujours ; par elle, saint Antoine est demeuré le guérisseur des malades.

Lorsqu'en 1793, les enfants de saint François furent dispersés et les Grottes vendues, la dévotion du bon peuple Limousin resta la même. « Les prêtres ont abandonné le « vieux temple, écrivait un témoin, mais le peuple vient « encore visiter l'asile de l'apôtre, et la source où il se « désaltérait attire encore de nombreux pèlerins. Dans « cette Grotte où l'eau limpide et fraîche remplit de petits « bassins creusés dans le roc, le catholicisme raconta « longtemps de nombreux miracles. Aujourd'hui, les « voûtes ne retentissent plus des chants sacrés ; mais les « vieillards vous diront encore avec la simplicité de leurs « croyances, avec leur besoin de prodiges : « Chaque « nuit, veille de saint Antoine, l'apôtre vient laver ses « pieds poudreux dans la fontaine qu'il bénit avec des « paroles que murmurent ses lèvres et que l'oreille « n'entend pas. Souvent, on l'a vu, ombre blanche et « silencieuse, cheminer lentement de la grotte à l'autel, « s'y prosterner et disparaître à travers la fente du « rocher (1). »

L'Eglise a toujours respecté la voix de la tradition, et celle de Brive et du Limousin tout entier est là pour répéter avec M. l'abbé Bonnélye, son fidèle écho :

Que « sous ce rocher la Reine des Vierges, la Mère « de Dieu et des hommes, la Souveraine du ciel et de « la terre, a posé son pied qui a brisé la tête du serpent « maudit ; un jour, Elle apparût à son serviteur Antoine, « Elle parla dans ces lieux bénis, Elle y fit étinceler les

---

(1) Marvaud. *Histoire du Bas-Limousin.* t. ii. p. 1041-42.

« lumières célestes ! Elle y laissa les parfums après les-
« quels sont accourues les populations ! Cette gloire en
« vaut bien d'autres. Montons ! montons à saint An-
« toine ; par le serviteur, nous irons à la Souveraine, et
« par la Souveraine à Jésus ! »

Le premier couvent de Brive est devenu la propriété
des Ursulines qui conservent religieusement un calice et
un ciboire où sont gravées l'image d'Antoine et de ses soli-
tudes. Il semble meilleur et plus naturel de voir circuler
la pauvre bure franciscaine, dans les Grottes austères
choisies par le descendant des Bouillon.

« Grottes chéries, vous n'avez d'autres ornements que
ceux de la nature ! La fougère et les fleurs des champs,

Les trois Grottes de N.-D. de Bon-Secours, de Saint-Antoine
de Padoue et de l'eau miraculeuse.

se mêlent aux algues pour vous parer. Les arbres forment devant vous, une place demi-circulaire, ornée d'un ex-voto de saint Antoine. Vous respirez de toute part la pauvreté franciscaine; c'est pour cela que je vous aime d'un amour de préférence (1) ! »

(1) *Voix de saint Antoine.* Février 1896.

EN PORTUGAL

I

Dans le somptueux palais des Bouillon, près la cathédrale de Lisbonne dédiée à Notre-Dame del Pilar,
naquit, le 15 août 1195, un premier-né qui, porté en
grande pompe aux fonts sacrés de l'église de MARIE, y
reçut le prénom de Fernando (Ferdinand).

On conserve partout, avec respect, le berceau des
grands hommes. La demeure paternelle du futur Franciscain est devenue la majestueuse Basilique de Saint-
Antoine, enchâssant comme une pierre précieuse la
chambre où dona Térésa lui donna le jour. La cathédrale a fait encore plus pour sa gloire. La porte par
laquelle entra le nouvel enfant de DIEU, ne s'ouvre
depuis, pour les fidèles, que le 13 juin, fête du Saint. Les

visiteurs vont baiser la piscine salutaire où il fut régénéré (1).

« A peine sorti des langes, nous dit son premier historien, il était déjà remarquable par la délicatesse de sa conscience et la pureté de ses mœurs. Déjà rempli d'une sagesse précoce, il aimait à visiter les Eglises et les Monastères ; on le voyait tendre ses petites mains vers les pauvres, pour soulager leur misère. »

Dona Térésa, remarquable modèle des mères chrétiennes, avait imploré la naissance de son fils dans un des sanctuaires privilégiés de MARIE. Ce fut elle qui fit journellement pénétrer dans son esprit les enseignements de l'Eglise. Elle lui fit prononcer d'abord, en le berçant sur ses genoux, les Noms de JÉSUS et de MARIE, et lui apprit à balbutier l'*Ave* MARIA.

Un peu plus tard, elle lui enseigna cet hymne de la Vierge « *O gloriosa Domina !* » qui devait demeurer l'égide et la prière favorite du Saint. Aussi, l'amour et le culte de MARIE seront-ils le phare lumineux éclairant son existence et la préservant de tout péril. Dans ses

(1) Les fonts baptismaux sont placés dans un enfoncement voûté pratiqué dans le mur et tapissé de faïences bleues, représentant en haut des anges, au fond la Sainte Trinité, à gauche saint Antoine prêchant aux poissons, à droite le baptême de Notre-Seigneur. Au-dessous est retracé l'un des premiers miracles de son enfance. L'aimable *Fernando de Bouillon* jouait avec quelques petits seigneurs, destinés sans doute comme lui par leurs parents au métier des armes. En prenant avec eux ses joyeux ébats, il cassa par mégarde la cruche d'une pauvre femme qui se mit à pleurer. Charitable et déjà thaumaturge dans un âge si tendre, le petit Fernando rejoint les morceaux du vase brisé, et levant les yeux vers l'éternelle Puissance, il prie, et la cruche est rendue intacte à la pauvresse consolée. Le tableau représente le jeune Saint, charmant de grâce et de naïveté, portant dans ses bras la cruche miraculée, tandis que ses petits compagnons jouent autour de la fontaine. La statue de saint Antoine, en costume d'enfant de chœur, est placée sur un autel aux pieds d'une plus grande statue de MARIE IMMACULÉE. On ne peut détacher ses yeux du jeune Saint, tant l'expression est ravissante ; les yeux sont vivants et doux comme ceux d'une colombe.

premiers mois, on change ses pleurs et ses cris en sourires, en lui montrant, de l'une des fenêtres du palais, la cathédrale où il a été baptisé. Religieux, il prendra MARIE pour sa protectrice et son unique souveraine ; nous le verrons chanter toutes ses gloires, et défendre avec ardeur tous ses privilèges.

A l'exemple de plusieurs saints, et favorisé comme eux de lumières surnaturelles, il fera dès l'âge de cinq ans, nous dit un grave auteur, vœu de chasteté perpétuelle, aux pieds de la Madone.

« Lorsqu'il eut atteint l'âge de raison, Fernando fut « placé par ses pieux parents à l'école de l'Eglise de la « Bienheureuse Mère de DIEU, pour y apprendre les « lettres humaines et se former à la vertu, sous la direc-

Fernando chasse le démon en traçant une croix sur le pavé (p 20).

« tion des ministres de ce Christ dont il devait être le
« hérault (1). »

Pendant ce laps de temps qui s'étend jusqu'à sa quinzième année, le jeune clerc fit l'admiration de ses maîtres
par sa ferveur et la rapidité de ses progrès. Jean de
Peckam assure qu'il était surtout heureux de servir le
prêtre pendant le sacrifice auguste de nos autels. Ce fut
à cette époque que, priant à genoux, les yeux fixés sur
le tabernacle, il subit le premier assaut du prince des
ténèbres qui lui apparut, astucieux et menaçant ; il le
chassa sans trouble, en traçant sur le marbre la marque
indélébile de ce signe de la croix, par lequel il devait
plus tard accomplir tant de miracles et faire trembler les
puissances de l'Enfer (2).

II

Mais la considération de la brièveté de la vie et du
néant des grandeurs humaines ayant déjà frappé son
esprit, le pieux enfant prenait l'irrévocable résolution de
quitter un monde qui n'avait eu pour lui que des joies et
des sourires. A la fin de sa quinzième année, en 1210,
avec l'autorisation de ses religieux parents, offrant à
Dieu leur immense sacrifice, Fernando vint frapper à la
porte des chanoines réguliers de Saint Augustin, à l'abbaye de Saint-Vincent de Lisbonne : « Il revêtit leur

---

(1) *Vita anonyma*, cap. 11.
(2) On vénère encore aujourd'hui le degré de pierre qui porte
l'empreinte miraculeuse de la croix que l'adolescent y traça de
son doigt.

« robe blanche, nous disent les vieilles chroniques, avec
« autant d'humilité que de dévotion (1). »

A Saint-Vincent néanmoins, il était fréquemment visité par les siens. Le commerce
avec les séculiers devient importun aux
âmes contemplatives ; Fernando supplia
l'abbé de l'as-
signer au cou-
vent plus soli-
taire et plus
éloigné de
Sainte - Croix
de Coïmbre,
où les reli-
gieux parta-
geaient leur
temps entre la
prière, l'étude
et le travail
manuel.

Ayant ainsi
obtenu de quitter Lisbonne, le
jeune étudiant, tout en ornant
son âme de vertus, ne négligea
point de cultiver sa brillante
intelligence. Ayant déjà terminé
les cours de grammaire et de
littérature, il s'appliqua, sous la direction de
maîtres distingués, à s'instruire dans la science
divine. La Sainte Ecriture, les ouvrages des Pères de

(1) *Vita anonyma*, cap. II.

Les murs s'entr'ouvrirent et la sainte Hostie lui apparut (p. 22).

l'Eglise furent son étude de prédilection. Azévédo pouvait à bon droit écrire dans les *Annales :* « Fernando « de Bouillon était un homme fameux, autant par sa « science que par sa piété. Il avait beaucoup de litté- « rature ; mais il était encore plus remarquable par les « vertus qu'il avait acquises. »

Deux miracles témoignent de sa charité pour ses frères et de son ardent amour pour Dieu. Il soignait tendrement les malades ; comprenant un jour qu'un religieux souffrant était surtout tourmenté par le démon, il ôta son aumusse et en revêtit le patient qui se trouva aussitôt délivré.

Une autre fois, travaillant au jardin et entendant sonner l'Elévation de la Messe, il se prosterna le front dans la poussière, pour adorer la sainte Victime. Soudain les murs de la chapelle s'entr'ouvrirent, et le Bienheureux put contempler l'hostie sacrée entre les mains du prêtre.

III

Ce fut vers 1219 que le Maître de toutes choses prépara la nouvelle et véritable vocation de Fernando de Bouillon, en le faisant préposer aux fonctions d'hôtelier de l'abbaye.

Deux ans auparavant, la Reine avait établi à Saint-Antoine d'Olivarès, peu distant de Sainte-Croix, le premier couvent des Frères-Mineurs en Portugal. On y menait la vie séraphique dans toute son austère pauvreté. Le petit Frère quêteur du nouveau couvent venait réclamer souvent les aumônes de la riche abbaye, et jouir de l'aimable accueil de son Frère hôtelier. Les débuts de l'Ordre franciscain étaient illustrés, sous les plus humbles apparences, par une sainteté peu commune. Fernando avait entrevu des trésors de grâce dans l'âme de son jeune visiteur. Un jour qu'il célébrait le saint Sacrifice, il entra en extase et vit, sous la forme d'une blanche colombe, l'âme du Frère-Mineur traverser le Purgatoire et s'élever, radieuse et purifiée, vers les demeures éternelles. Notre Saint demeura profondément ému de sa vision.

Cette même année, cinq ouvriers apostoliques, désignés par saint François pour évangéliser le Maroc, et venant se présenter aux souverains du Portugal, prirent asile au monastère de Sainte-Croix de Coïmbre ; ils racontèrent les merveilles de la Portioncule et de la fondation de leur Ordre.

Admis devant la Reine, ils déclarèrent prophétiquement qu'ils seraient martyrisés, et que la mort de la reine Urraque suivrait de près le retour de leurs dépouilles.

Une partie de leurs prédictions s'accomplit aux premiers jours de 1220. L'émotion fut grande en Portugal. Un prince de la famille royale rapporta bientôt après les corps des nouveaux martyrs. Le Roi leur assigna pour dernière demeure Notre-Dame del Pilar et vint les recevoir, avec une très grande pompe, à une lieue de Coïmbre. Lorsque la mule chargée des précieuses reliques passa devant l'église abbatiale de Sainte-Croix, elle y entra brusquement, malgré les efforts de ses conducteurs, et, traversant la nef, vint s'accroupir devant le maître-autel, sans vouloir se relever. Selon la prédiction qui en avait été faite, la reine Urraque mourut peu de temps après.

IV

Nul ne fut cependant plus ému, plus pénétré de ces miracles que le Frère hôtelier de Sainte-Croix. Agenouillé fréquemment devant la châsse somptueuse des cinq martyrs, il leur demandait, avec larmes, de lui obtenir un jour la palme glorieuse qu'ils venaient de conquérir.

Dans le courant de juillet 1220, il prit à part les Frères quêteurs de Saint-Antoine d'Olivarès et leur dit : « Je « désire, de toute l'ardeur de mon âme, prendre l'habit « de votre Ordre, mais c'est à la condition qu'une fois « revêtu des livrées de la Pénitence, vous m'enverrez « aussitôt chez les Sarrazins, afin que je mérite, moi aussi, « de partager la couronne de vos saints martyrs. »

Bénissant Dieu de procurer un tel sujet à leur Ordre naissant, les Franciscains lui apportèrent, dès le lendemain, la bure et la corde séraphiques.

Malgré son profond chagrin et les regrets légitimes de sa communauté, le Prieur des Augustins dut consentir à combler les vœux du jeune religieux. « Va ! va ! lui dit, « avec une douce ironie, un des Frères de Sainte-Croix, « peut-être loin de nous vas-tu devenir un saint ! — Mon « Frère, répondit gravement le futur thaumaturge, « quand vous apprendrez ma canonisation, vous en loue- « rez certainement le Seigneur. » C'est en souvenir de ces prophétiques paroles que tous les ans, le 13 juin, à Saint-Antoine d'Olivarès, le panégyrique du Saint est prêché par un religieux de Sainte-Croix.

Devant l'ardente vocation du jeune novice devenu le Frère Antoine, et ses brûlantes aspirations, on pense que les préliminaires de sa vie monastique furent abrégés et qu'il prononça ses vœux avant de partir pour le Maroc, à la fin de 1220.

Ses pieuses espérances ne devaient point se réaliser. Il avait, comme son séraphique Père et saint Dominique, vainement désiré les supplices des martyrs. La santé d'Antoine, déjà délabrée par les austérités, ne put supporter le climat dévorant de l'Afrique ; il dut s'aliter. Aucun historien ne relate de lui un seul acte d'apostolat au Maroc. La volonté divine se manifestait d'ailleurs clairement par la voix de ses supérieurs.

A la fin de l'hiver, le jeune Religieux, encore miné par la fièvre, s'embarquait docilement pour rentrer en Portugal, offrant à Dieu le martyre de son impuissance. Saint Bonaventure pouvait dire de lui comme de saint François d'Assise : « O mortel trois fois heureux ! à qui le glaive « du bourreau n'enlève point la vie et qui remporte « cependant la palme du martyre! »

Il n'était pas toutefois dans la destinée du jeune Portugais de revoir deux fois le même rivage et de rentrer au pays natal. A peine le navire avait-il quitté les côtes du Maroc qu'une violente tempête l'emporta dans ses tourbillons. Protégé par les prières du Bienheureux et préservé du naufrage, il vint s'échouer en Sicile, aux délicieux abords de Taormina.

EN ITALIE

(Premier séjour).

I

Messine possédait un couvent de son Ordre. Le convalescent s'y rendit aussitôt, pour prendre un repos bien nécessaire. Il y séjourna deux mois. Le souvenir de ce rapide passage n'a point été effacé par les siècles ; on montre à Taormina des cyprès plantés à l'époque de sa venue. Sa charité industrieuse fit creuser au couvent de Messine, un puits dont les eaux salutaires guérissent encore de la fièvre.

A la même époque où saint Dominique plantait, à sainte Sabine de Rome, le célèbre oranger qui a donné un vigoureux rejeton pendant le noviciat du Père Lacordaire, Antoine planta un citronnier dans le jardin du couvent de Messine. Comme l'oranger du Mont-Aventin, le citronnier se couvre encore chaque année de fleurs et de fruits, s'élevant tous deux, ainsi que de gracieuses colonnes, sur le berceau des deux Ordres. Frères, toujours unis dans le baiser de leurs Patriarches : « Comme ces deux oliviers et ces deux candélabres allumés dans la maison du Seigneur dont nous parle la Sainte Ecriture (1). »

Le chapitre général du 30 mai 1221 approchait ; le Bienheureux résolut de s'y rendre avec le Frère Philippin de Castille, son compagnon. Il désirait s'agenouiller aux pieds du séraphique Père saint François, car il gardait au fond du cœur la mémoire de cette vision miraculeuse de Coïmbre qui vint mettre fin à ses perplexités. Le séraphin d'Assise, alors au fond de l'Ombrie, lui était apparu, de la part de DIEU, lui ordonnant d'entrer dans son Ordre. L'Assemblée, présidée par le cardinal Ranerio Capoccio, était des plus imposantes, et comptait plus de deux mille Frères, accourus de toutes les régions. Au milieu d'eux, assis à terre, aux pieds de son Vicaire, cherchant à se faire le plus petit de tous, le saint fondateur attirait tous les regards et tous les cœurs. — Le Fr. Antoine inconnu de tous et se réputant lui-même indigne d'une telle compagnie, savourait la joie mystérieuse « de n'être compté pour rien. »

A la fin du chapitre, on distribua les emplois, on assigna les résidences, mais nul ne s'occupa du noble descendant de Godefroy de Bouillon. « On le prenait pour un homme « peu utile, à qui on ne supposait pas la moindre aptitude. « Aucun Gardien ne proposa de le prendre ; et seul, « parmi tous ses Frères, il demeura entre les mains du « Ministre Général (2). »

D'après certains auteurs dignes de foi, le P. Gratien, Ministre des Romagnes et de l'Emilie, cherchait un reli-

(1) Apoc., XI, 4.
(2) *Vita anonyma.* v.

gieux prêtre pour dire la Messe à quelques Frères appliqués à la vie contemplative dans la solitude de *Monte Paolo*. — Il s'approcha d'Antoine, et sur l'affirmation du jeune moine qu'il était promu au sacerdoce et se rendrait volontiers là où le manderait là sainte obéissance, le P. Gratien obtint de le faire assigner au Monte Paolo. — « Le Bienheureux ne dit pas un mot de ses connaissances « littéraires, il ne se vanta point de la profonde érudition « qu'il avait acquise dans les matières ecclésiastiques. Il « mettait tout son savoir aux pieds de Jésus Cru- « cifié (1). »

Le Fr. Philippin assigné d'abord à Monte di Castello, mourut saintement plus tard à Columbario, en Toscane. Tout semblait disposé à Monte Paolo pour satisfaire les goûts du bienheureux Antoine pour la contemplation et les abaissements volontaires. « Un Frère s'était cons- « truit dans une grotte, une petite cellule très commode « pour y faire oraison, et il s'y retirait, afin de jouir plus « librement de la présence de Dieu. Dès que le Fr. An- « toine l'eut découverte, il conjura le religieux de la « lui céder. Celui-ci y ayant consenti, l'homme de Dieu « s'y rendait chaque nuit après Matines. Il prenait « un morceau de pain et un peu d'eau, s'efforçant de « soumettre la chair à l'esprit. » La grotte de Monte Paolo fut témoin de merveilles que les Anges seuls pourraient raconter. « Ses jeûnes rigoureux avaient tellement blêmi « ses lèvres et creusé ses joues, les privations l'avaient « tellement affaibli, qu'il devait parfois s'appuyer sur le « bras d'un Frère, pour ne pas tomber en chemin (2). »

Ses contemporains l'appelaient à l'envie : « *Un lys en fleurs* » et : « *Un miroir de chasteté.* »

(1) *Vita anonyma.* v.
(2) *Vita anonyma.*

Tandis que, soutenu par la grâce, il se livrait aux austérités les plus effrayantes, il consacra cette année-là à
écrire ses interprétations mystiques des psaumes de David,
posant ainsi, sans le savoir, les bases de son apostolat.
« Antoine consommé dans les divines écritures, dit un
vieil auteur, goûtait plus de bonheur dans les détails
abjects d'une cuisine que dans les fonctions éclatantes du
ministère évangélique. »

II

L'an 1222, aux Quatre-Temps du Carême, plusieurs
Frères de Monte-Paolo, en compagnie de quelques
Dominicains, se rendirent à Forli, pour recevoir les saints
Ordres. Antoine y accompagna le Gardien chargé par
l'Evêque d'adresser la parole aux Ordinands. Subitement
empêché, le Frère Mineur pria les Dominicains de le
remplacer, mais tous refusèrent en s'excusant. L'heure de
Dieu venait de sonner pour notre Bienheureux. Obéissant
à une subite inspiration du Saint-Esprit, le Gardien lui
enjoignit de se lever et de prononcer le discours.

Antoine ne sachant qu'obéir, après avoir demandé la
bénédiction de l'Evêque, reçut sur l'heure la récompense
de son abnégation. « Prenant pour texte la parole de
l'apôtre : « Le Christ s'est rendu pour nous obéissant jus-
« qu'à la mort. » Il s'exprima d'abord avec simplicité,
« puis emporté par son sujet, il s'éleva d'un coup d'aile,
« à une telle hauteur dans son exposition des doctrines
« mystiques, qu'il plongea tout son auditoire dans l'ad-
« miration. » « O parole divine, devait-il s'écrier plus tard,
« parole admirable qui enivre et transforme le cœur !

« Tu es la source
« limpide qui ra-
« fraîchis l'âme
« altérée, le rayon
« d'espérance qui
« réconforte le
« pauvre pécheur,
« le messager fi-
« dèle qui apporte
« à l'exilé, des
« nouvelles de la
« patrie ! » Le corps affaibli du jeune
« moine s'était redressé, l'ampleur et la
« grâce de son geste dénotaient l'éduca-
« tion princière de ses jeunes années.
« Tous croyaient entendre un écho de la voix
« des prophètes et versaient des larmes de joie
« et d'attendrissement (1). »

Le saint Patriarche, informé sur l'heure des
succès d'Antoine, tressaillit de joie et s'écria :
« Enfin ! nous avons un évêque ! »

« Je trouve bon, écrivait-il, peu de jours après, au jeune
« orateur : « que vous enseigniez la sainte théologie à
« nos Frères ; mais ayez soin de veiller à ce que l'esprit

(1) Jean de Peckam, I ch. VIII.

Saint Antoine prêchant à Forli pour la première fois (page 29).

« d'oraison, ne s'éteigne, ni en vous, ni dans les autres.
« Je tiens beaucoup à ce dernier point, conformément à
« la Règle dont nous faisons profession. Adieu ! »

Cette brève missive fondait la première école des Frères-Mineurs et désignait leur premier maître.

La mission du Bienheureux fut d'abord modeste, il devait enseigner les éléments de la théologie aux jeunes religieux du couvent de Bologne. Ces premières leçons charmèrent sans étonner ; mais le bruit de son mérite se répandit vite dans la studieuse cité.

L'Université de Bologne occupait alors un rang distingué après celle de Paris. Les étudiants de l'époque regardaient encore la théologie comme la maîtresse des sciences humaines. Ils accoururent autour de la chaire du nouveau professeur. Ses contemporains sont unanimes à déclarer : « Qu'il enseigna la théologie, à Bologne, à
« Montpellier, à Toulouse, à Padoue, avec une grande
« supériorité ; ses doctes leçons lui valurent une immense
« réputation. Il forma des disciples illustres qui firent
« durer sa gloire après sa mort. »

« Toutefois la carrière de l'enseignement fut très courte dans la vie du Saint. Il devait surtout être *apôtre*, mais de taille à tout mener de front, lorsque la gloire de Dieu l'exigeait. »

Nous le retrouvons, appelé par l'Evêque, et prêchant le Carême à Verceil, dans la cathédrale de saint Eusèbe.

III

La vaste église était devenue trop étroite pour la foule qui s'y pressait jour et nuit. Les grâces de conversion furent encore plus nombreuses, après l'un des plus grands miracles du Thaumaturge.

Il prêchait, un matin, devant un auditoire recueilli, lorsque des sanglots déchirants éclatèrent au bas de la nef, autour du cercueil d'un jeune homme, dont on allait célébrer les funérailles dans une chapelle latérale. Tous les assistants se sentirent émus de compassion. Le Saint, interrompant son discours, parut s'absorber dans une ardente prière. Puis, se tournant vers le défunt, il lui ordonna, au nom de Celui qui avait ressuscité le fils de la Veuve de Naïm, de revenir à la vie. Aussitôt, au milieu de ses proches et de ses amis transportés de bonheur, le mort se leva plein de forces et de santé. L'effet de ce prodige fut immense et se répandit bien au-delà des limites de la ville.

« Ce fut à Verceil, que le bienheureux Antoine entra « en relations avec le célèbre Thomas Gallo, abbé de « Saint-André de Verceil. « Il excellait dans l'art de la « théologie mystique qui s'élève, comme l'échelle de « Jacob, jusque dans les hauteurs de la vision béati- « fique. » L'histoire a enregistré le bel éloge que Thomas Gallo, rendit plus tard à sa mémoire : « Souvent, l'amour « pénètre où la science des choses de la nature ne saurait « atteindre... J'en ai fait moi-même l'expérience dans la « personne du très saint Fr. Antoine des Frères Mineurs. « Moins versé que d'autres dans les lettres profanes, il « avait une telle pureté d'âme et était doué d'une si grande « tendresse de cœur, que tout l'effort de ses facultés se « tourna vers la théologie mystique. Aussi, après avoir « cherché cette science avec passion, il y fit bientôt des « progrès merveilleux. Je puis dire de lui, ce que l'Evan- « gile dit de Jean-Baptiste : « Il était une lampe ardente « et brillante. Au dedans, il brûlait du feu de l'amour ;

« au dehors, il projetait les rayons de la lumière surna-
« turelle (1). »

C'est surtout par l'exposition de *la Hiérarchie céleste*,
qu'Antoine ravissait le savant abbé de Verceil. Celui-ci
disait : « que le saint Frère Mineur avait parcouru les
« divers Ordres des esprits bienheureux avec une si grande
« netteté de conception et une pénétration si surprenante,
« que l'on eût dit qu'ils étaient tous devant ses yeux. »

On dit que ce fut dans cette même année que l'illustre
Alexandre de Halès entra dans l'Ordre, conquis par un
petit Frère quêteur qui le pria : « Pour l'amour de DIEU,
et de la Vierge sa Mère, d'entrer chez les Frères
Mineurs. » Il fut le maître de saint Bonaventure et de
saint Thomas d'Aquin. Après lui, Duns Scot, le docteur
Subtil, Roger Bacon, Jean de la Rochelle devaient être
les génies de l'école Franciscaine ; mais le bienheureux
Antoine fut le premier de leur race. Il fleurit comme un
lys, sur le tombeau de saint François, et nul parmi ses
frères ne répandit plus d'éclats sur les premiers temps
de son Ordre.

(1) *Liber Miraculorum*, apud BOLLAND.

EN FRANCE

I

Le Carême de Verceil terminé, le Saint avait repris sa chaire à Bologne, et révisait les notes de son ouvrage sur les Psaumes, cette gerbe magnifique, embaumée des parfums de sa sainteté, véritable trésor où il puisait ses conférences monacales et ses sermons populaires.

Le Séraphin d'Assise, ayant reçu au Mont-Alverne les stigmates du divin Maître, savait comptés ses jours abrégés par l'extase et la pénitence. Toujours fidèle à ses tendresses pour la France, alors déchirée, surtout dans le Midi, par l'hérésie albigeoise, il voulut, dernier témoignage d'amour, lui envoyer : « *La perle de son Ordre !* » et assigna pour résidence au bienheureux Antoine le nouveau couvent de Montpellier.

La tradition, confirmée d'ailleurs par Azévédo, raconte que le nouveau couvent de Montpellier était voisin d'un étang si peuplé de grenouilles, que la récitation de l'office et l'oraison étaient troublés par leurs coassements. Mais l'aimable thaumaturge ayant, comme son glorieux Père, reconquis à force de pureté le premier empire de l'homme sur la création, vint au bord de l'eau les bénir en recommandant aux grenouilles de se taire, afin de laisser chanter en paix les louanges de DIEU. « Ce en quoi, il fut docilement obéi, » disent les vieux auteurs contemporains (1). Les habitants témoins du miracle donnèrent à l'étang le nom de Lac Saint-Antoine ; le prodige fut confirmé par cette expérience souvent constatée : les grenouilles transportées dans un autre bassin retrouvaient aussitôt leur voix ; elles redevenaient muettes si on les rapportait dans les eaux bénites par le Saint.

Dix ans auparavant, saint François revenant d'Espagne, s'était arrêté dans ses murs, prophétisant que l'on bâtirait un couvent de son Ordre sur l'emplacement même de l'hospice où il recevait l'hospitalité.

Ce fut encore à Montpellier que, prêchant dans une église, le jour de Pâques, il se souvint qu'à la même heure il devait chanter, au couvent, pendant la messe solennelle. Rabattant son capuce sur son front, il demeura, à la grande surprise des auditeurs, immobile et silencieux durant un temps assez long. Au même instant il apparaissait au milieu de ses Frères et chantait l'*Alleluia !* Se redressant dans la chaire de Notre-Dame, il acheva son discours avec une éloquence incomparable.

Le Bienheureux, pour mieux combattre l'hérésie, se mit à parcourir la contrée, prêchant dans tous les bourgs importants et dans les villes principales de la contrée. Son séjour au couvent de Lunel, nouvellement construit au bord d'un étang ou marais peu profond, est marqué par un gracieux miracle attesté par Gonzague. Pendant

(1) Conf. AZÉVÉDO, lib. I, cap. II, p. 52, I, cap. XIII.

un sermon du thaumaturge, les grenouilles, à l'instigation du démon furieux des succès de l'homme de DIEU, devinrent si tapageuses, qu'elles couvraient la voix du Saint parlant en rase campagne ; mais le Bienheureux, après avoir prié un instant, fit un signe de croix du côté du marais, il se fit aussitôt un silence solennel qui lui permit de continuer son discours et de gagner encore un plus grand nombre d'âmes à la foi de Jésus-Christ (1).

La tradition dit qu'à Pézénas le Saint planta de ses mains, dans le jardin du couvent, un cyprès, lequel, sous sa bénédiction, prit plus tard un accroissement singulier. Plus de trois siècles après, dans un ouvrage imprimé à Lyon, en 1665, le P. Saturnin de tous les saints, Carme déchaussé, dit textuellement : « On montre, à Pézénas, un cyprès de grandeur démesurée, qu'on dit avoir été planté par saint Antoine lui-même. »

II

Le bienheureux Antoine apportait dans la lutte contre l'hérésie de merveilleux éléments de succès. Le roi de France Louis VIII allait mettre son épée au service du pape Honorius III ; Antoine arrivait combattre en apôtre et en saint.

« Il était si bien armé de textes décisifs, empruntés à « l'Ecriture Sainte ; ses preuves étaient si solides, si évi-

(1) *Fertur enim Divum Antonium Paduanum sacras ibidem conciones habuisse ranisque obstrepentibus silentium imposuisse. Unde in lacunis viridarii conventus piscibus ex eo tempore mutiores videntur* (Gonzaga, *Tertia Pars, Provincia S^{ti} Ludovici*, p. 836. *De conventu S^{ti} Francisci Lunelli. Conv.* xix).

« dentes, que les adeptes de l'erreur n'osaient paraître en
« sa présence, ni ouvrir la bouche pour lui répondre.

« Voilà pourquoi on
« le nommait « *le*
« *Marteau des héré-*
« *tiques.* »

« Les travaux de
« l'homme apostolique
« ne furent pas sans
« fruits, la plupart des
« hérétiques et ceux
« qui les favorisaient,
« revenaient à la Vé-
« rité et se soumet-
« taient à l'autorité de
« l'Eglise (1). »

Toulouse était de-
meurée, grâce à la
connivence coupable
de Raymond VII, le
boulevard de l'hérésie
albigeoise. Il laissait
toutefois aux catho-
liques la liberté de la combattre. Aussi
lorsque saint Antoine y arriva, au milieu de
l'année, il se mit jour et nuit à disputer victo-
rieusement avec les Albigeois, les ramenant à Dieu par
cette charité persuasive qui les frappait d'admiration.

Ici se place dans la vie du Bienheureux une merveil-
leuse et consolante apparition de la Vierge Marie, à

(1) *Vita anonyma*, ch. xiv.

Marie apparaît à Saint Antoine au jour de son Assomption.

laquelle il avait voué dès l'enfance un amour aussi tendre que chevaleresque.

« L'Eglise ne s'est pas prononcée dogmatiquement sur « l'Assomption corporelle de MARIE, » disait, à Prime du « 14 août, le martyrologe d'Usuard ; « elle préfère une « sage réserve à des légendes légères ou apocryphes. » Ces expressions si inconvenantes blessaient au vif la conscience et l'ardente conviction du dévot serviteur de la Vierge. Agenouillé dans sa cellule, il se demandait anxieusement s'il devait y rester ou descendre au chœur ? Manquer l'office était enfreindre la règle, écouter la leçon d'Usuard lui semblait un acquiescement implicite à ses données irrespectueuses. Il implora le secours de sa Souveraine-bien-aimée : « *O gloriosa Domina !* » Elle lui apparut soudain entourée d'une lumière éblouissante, et la voix qui réjouit les Puissances célestes s'éleva dans le silence pour lui dire : « Sois sûr, ô mon fils ! que le corps « qui a été l'Arche vivante du Verbe-Incarné, a été pré- « servé de la corruption et de la morsure des vers ! Sois « sûr également qu'il a été transporté le troisième jour, « sur l'aile des anges, à la droite du Fils de DIEU, où je « règne ! »

« Quand elle eut disparu, il sembla au Bienheureux que « toutes les délices du Paradis étaient descendues dans « son âme. Toutes les délices du Paradis ? Oh non ! Ce « n'était qu'une goutte de la coupe enivrante des « élus (1) ! »

Antoine devait être, depuis ce jour, le chantre et l'apôtre de l'Assomption, comme son séraphique Père avait été le chantre et l'apôtre de l'Immaculée-Conception. — Le jour où cette vérité si glorieuse pour MARIE deviendra dogme catholique, l'Eglise citera saint Antoine de Padoue

(1) AZÉVÉDO. *Vita del Taumaturgo.* L. I, ch. XII.

au premier rang des défenseurs les plus autorisés de la croyance générale.

Au mois de septembre 1225, Antoine fut nommé Gardien du couvent du Puy-en-Velay. — Le caractère spécial de son apostolat devait être d'accomplir partout beaucoup d'œuvres en peu de temps. Appelé pour la première fois à conduire une maison de son Ordre, il y fut l'homme de la Providence réalisant d'après Surius *le Gardien selon le cœur de saint François*.

Le Velay n'avait point échappé à l'invasion de l'hérésie qui, battue dans les plaines du Midi, cherchait à se réfugier dans cette région accidentée et propice à toutes ses embûches Aux accents du thaumaturge, la foi catholique reprit tout son empire sur ces âmes simples et sincères. On vit les bons montagnards accourir en foule entendre sa prédication.

Une femme, au moment de devenir mère, était venue par deux fois se recommander avec instance aux prières du Saint. « Ayez bon espoir et réjouissez-vous, lui dit-il « enfin ; le Seigneur vous donnera un fils qui sera grand « dans l'Eglise, car il deviendra Frère Mineur et cueillera « avec ardeur les palmes du martyre. » — La prophétie se réalisa plus tard à la lettre. Le Frère Philippe, envoyé en Palestine et partageant le sort de deux mille prisonniers chrétiens, les enflamma de son zèle extraordinaire et mourut glorieusement le dernier dans un affreux martyre, accompagné d'une série de faits miraculeux. Un hymne de l'ancienne liturgie adresse au saint cette louange naïve : « O Antoine ! que tu es heureux d'avoir « possédé à un si haut point le don de prophétie ! Tu pré- « disais l'avenir avec assurance, parce que tu étais rempli « des rayons de l'Esprit divin. »

Il y avait au Puy un notaire de mœurs assez déréglées et connu pour tel dans toute la cité. Or, chaque fois qu'il

rencontrait Antoine, celui-ci ne manquait pas de le saluer et de se mettre respectueusement à genoux devant lui. — Cédant enfin à la colère que lui inspirait ce procédé, il lui dit : « Que signifie ce cérémonial ridicule ? Si je ne crai-
« gnais pas les jugements de DIEU, je vous aurais déjà
« transpercé de mon épée ! » — « Mon frère, répondit le
« Saint, j'ai ardemment désiré toute ma vie de mourir
« martyr pour l'amour de Notre-Seigneur JÉSUS-CHRIST ;
« je n'ai pas été exaucé. Mais il m'a été révélé que vous
« scelleriez votre foi par l'effusion de votre sang. Quand
« l'heure de votre glorieuse mort sera venue, daignez
« vous souvenir de celui qui vous l'annonce aujourd'hui. »
L'homme de loi se prit à rire et continua son chemin.
Quelques années plus tard, l'évêque du Puy ayant résolu d'aller prêcher la vraie foi aux Sarrazins, le notaire se sentit changé et converti du fond du cœur. Après avoir vendu ses biens et en avoir distribué le prix aux pauvres, il se joignit au cortège épiscopal. Arrivé en Palestine tout enflammé de zèle, il ne craignit point de prêcher publiquement que JÉSUS-CHRIST est le vrai DIEU, et Mahomet un imposteur. Saisi par les infidèles, après avoir été cruellement torturé trois jours, il fut conduit à la mort et se souvenant, au moment d'expirer, de la prédiction de l'apôtre franciscain, il révéla ce qu'il avait prophétisé de son genre de mort.

III

A la fin de 1225, le Saint se trouvait à Bourges, où devait s'ouvrir, le 30 novembre, un Concile important présidé par un légat du Pape, le cardinal Saint-Ange. On y devait traiter de la pacification du Midi et des moyens à prendre pour l'extinction de l'hérésie albigeoise.

Précédé par sa réputation, Antoine fut chargé de porter la parole. Une illumination d'en Haut lui avait appris que l'Archevêque du lieu était, vis-à-vis de l'hérésie, un de ces *chiens muets* dont parle l'Ecriture. Après avoir flétri ces pasteurs mercenaires qui ne défendent pas leurs troupeaux de l'attaque des loups dévorants, l'intrépide apôtre s'écria : « C'est à vous que je m'adresse ! A vous, qui portez la mitre ! » A ces accents virulents, le coupable se sentit pénétré de confusion et de remords ; il vint, après la session, se jeter en larmes aux pieds du Saint et se relever converti et fortifié, ayant découvert toutes les plaies de son âme.

Bourges renfermait alors un sectaire des plus acharnés contre les croyances catholiques. Homme instruit et opulent, il avait été ébranlé dans ses controverses avec l'apôtre ; mais le dogme de la Présence réelle lui semblait toujours inadmissible ; comme les Juifs autrefois, il demandait un miracle.

« Maître, dit-il un jour à Antoine, démontrez-moi, par « un fait sensible et palpable, la vérité de vos affirma- « tions et nous abjurerons moi et les miens. Y consentez- « vous ? » — « Certainement ! » répondit le Saint. — « Eh « bien ! reprit le Juif, j'ai une mule, je vais l'enfermer « trois jours sans lui donner de nourriture. Au bout de ce « temps, je l'amènerai sur la place publique et lui offri- « rai de l'avoine. De votre côté, vous lui présenterez, au « même instant, l'hostie qui contient, selon vous, le corps « de l'Homme-Dieu. Si la mule, dédaignant l'avoine, se « prosterne devant l'ostensoir, je me ferai catholique, moi « et les miens. »

Le thaumaturge passa les trois jours dans la prière et le jeûne ; puis, à l'heure indiquée, il arriva sur

la place, tenant entre ses mains l'Ostensoir d'or de l'Agneau divin. Au même instant Guillard sortait du milieu de la foule avec sa mule, à laquelle il présenta un bassin d'avoine. « Au nom du Créateur que je porte, « quoique indigne, entre mes mains, dit alors distincte- « ment le saint ; je te commande, être privé de raison, de « venir immédiatement te prosterner devant Lui, afin que « les incroyants reconnaissent que toute la création est « soumise à l'Agneau qui s'immole sur nos autels. » Aussitôt, sans toucher à l'avoine, l'animal s'avance et plie les genoux devant l'Hostie, dans l'attitude de l'adoration. Un long cri d'amour et de reconnaissance s'éleva de tous côtés. Fidèle à sa parole, le juif demanda le baptême, ainsi que tous les siens. Un peu plus tard, il fit bâtir, sur le lieu du miracle, l'église qui porte encore le nom de Saint-Pierre-le-Guillard. A l'intérieur, scellée

La mule se prosterne devant la très sainte Eucharistie.

au-dessus du portail, on voit une pierre gravée et représentant ce prodigieux miracle.

Le cimetière qui entourait l'église de Saint-Pierre-le-Guillard renfermait la *Chapelle des Pains*, ornée d'un bas-relief rappelant le miracle de la mule.

Le titre de cette chapelle, soit dit en passant, est une nouvelle preuve ajoutée à celle du saint Antoine de Pinturrichio, à l'Araccœli, à Rome, pour témoigner de l'ancienneté de la dévotion du Pain des pauvres de Saint-Antoine, si heureusement répandue à l'heure présente.

Le vieil hôtel de ville de Bourges retraçait aussi dans ses vitraux le miracle si justement cher aux enfants du Berry. Dans la chapelle du Saint, deux vitraux figurent également le miracle de la mule et celui de l'orage, que nous allons raconter.

Un orage à Bourges.

L'évêque et le clergé ayant organisé une procession solennelle, l'éloquent missionnaire monta sur un tertre élevé pour dominer son immense auditoire. Tout à coup, un murmure d'anxiété parcourt les rangs pressés. Des nuages noirs, déjà zébrés d'éclairs, s'amoncellent de tous côtés. Un effrayant orage est imminent et chacun songe à fuir vers sa demeure, lorsqu'Antoine s'écrie : « Mes « frères, demeurez à vos places, je vous réponds que pas « une goutte d'eau ne tombera sur vos têtes ! » Rassuré par la parole du Saint, l'auditoire demeura immobile, et tandis que, de tous côtés, il tombe des torrents d'eau mêlés de grêle, pas un des assistants ne fut mouillé et l'apôtre pouvait terminer son discours.

Le bienheureux Antoine n'avait plus que cinq ou six années à passer sur la terre ; désormais la multiplicité de ses œuvres devrait être considérée comme un miracle permanent. On le voit, au cours de 1225, fonder le couvent de Brioude, qui ne doit pas être confondu avec celui de Brive.

Il prêchait un jour devant un grand auditoire ; un pauvre fou parcourt l'assemblée en prononçant des paroles incohérentes. Antoine lui fait signe d'approcher et lui tend le bout de sa corde. L'insensé l'a à peine saisie, que recouvrant sa raison, il se met à remercier publiquement son bienfaiteur.

Quelques auteurs racontent que l'apôtre, prêchant hors de la ville, à cause de la multitude de ses auditeurs, une femme pieuse ne put se rendre au sermon, parce que son mari s'y opposait formellement. Très affligée, elle monta dans son grenier espérant du moins jouir de loin du spectacle de la réunion ; s'étant approchée d'une fenêtre, elle entendit distinctement chacune des paroles du Bienheureux. Le mari étant survenu, lui demanda ce qu'elle faisait là ? « *J'écoute le Frère Antoine,* » répondit-elle ; il approcha par curiosité et perçut lui-même très clairement le reste du sermon. A partir de cette heure, il fut comme sa femme un des plus zélés auditeurs du missionnaire.

En 1226, Antoine dut se rendre à Arles pour assister au Chapitre Provincial. Ses Frères lui firent l'accueil le plus chaleureux et le plus flatteur, car le bruit de ses miracles, de ses travaux apostoliques ne lui permettait plus de passer inaperçu. A l'unanimité, il fut chargé de prononcer le discours d'usage. Le 14 septembre, jour de l'Exaltation de la Sainte-Croix, se produisit l'évènement dont saint Bonaventure est demeuré l'historien le plus émouvant : « Bien que saint « François, nous « dit-il, ne pût assister en personne aux Chapitres des Provinces, il est « néanmoins vrai de dire, que les règlements qu'il avait « prescrits pour ces assemblées, les prières ferventes « qu'il adressait à Dieu pour leur succès et la bénédiction « qu'il leur envoyait, le rendaient présent partout. Quelque- « fois même, Dieu, par sa puissance, l'amenait au milieu

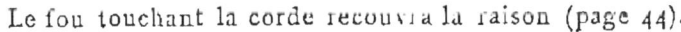

Le fou touchant la corde recouvra la raison (page 44).

3.

« de ses enfants. C'est ce qui eut lieu à Arles, pendant
« que l'excellent prédicateur Antoine, le brillant confes-
« seur du Christ parlait aux Frères sur la Passion du
« Sauveur et l'inscription de sa Croix ainsi conçue :
« *Jésus de Nazareth, Roi des Juifs.* » Un religieux
« nommé Monald, d'une vertu éprouvée, se sentit pressé
« par l'inspiration divine de regarder vers la porte du
« Chapitre. Il vit alors le bienheureux François élevé en
« l'air, les bras étendus en croix et bénissant l'assemblée.
« Les Frères se trouvèrent tous remplis d'une si grande
« consolation spirituelle, que ce témoignage intérieur les
« assura de la présence de leur Père, en confirmant la
« vision du Frère Monald. Le fait devint encore plus cer-
« tain par l'aveu de saint François lui-même (1). »

A la fin du Chapitre d'Arles, Antoine fut nommé Custode du Limousin ; c'est-à-dire Supérieur de tous les couvents de cette province, et il eut sa résidence à Limoges.

Cette bénédiction du Patriarche séraphique enflamma
d'un nouveau zèle son fervent disciple. Comme le prophète du Carmel avait laissé son manteau à son disciple
Elisée, le nouvel Elie, au moment de rendre son âme à
Dieu, au milieu des concerts des Anges, avait légué au
bienheureux Antoine le double héritage de ses vertus et
de son miraculeux pouvoir sur la nature. « Thaumaturge
devenu presque son égal, apôtre non moins intrépide,
orateur plus fécond et plus éloquent, c'est lui qu'on invo-
quera désormais pour désarmer les haines irréconciliables
et pour conjurer le péril social (2). »

(1) Saint Bonaventure. *Légende de saint François.*
(2) *Vie du Saint*, par le R. P. Léopold de Cherancé.

EN LIMOUSIN

I

Trois années auparavant, dans le courant de 1223, les Frères Mineurs s'étaient établis à Limoges, au lieu appelé *des Menudets*. Ce mot qui s'applique dans les divers patois du Midi aux enfants derniers venus, encore petits et délicats, traduisait naïvement l'humilité de l'Ordre que le Fondateur se plaisait à désigner comme le moindre et le plus chétif parmi les autres. Ils demeurèrent en ce lieu jusqu'en 1243; à cette époque, ils prirent possession du couvent qu'ils devaient habiter jusqu'en 1790.

A l'envi, les historiens contemporains racontent des choses merveilleuses sur les effets de la prédication de saint Antoine, en Limousin, et sur le pieux enthousiasme qu'il excitait partout sur son passage. Les églises étaient trop petites pour contenir la foule avide d'entendre parler l'homme de DIEU. Tous étaient si désireux de l'écouter, d'être témoins des miracles qu'il opérait, qu'il devait prêcher sur les places publiques, le plus souvent en rase campagne, devant des auditoires de dix, vingt, trente mille personnes. Dans les villes, on fermait les magasins, on interdisait les ventes publiques pendant ses sermons, où malgré le nombre on n'entendait pas le plus léger bruit. Déjà, comme plus tard en Italie, des hommes robustes devaient l'entourer pour le préserver contre la piété indiscrète du peuple.

Le Bienheureux avait alors trente et un ans. De taille ordinaire, plutôt médiocre, le teint brun, de complexion robuste, il avait une physionomie où dominait une douceur angélique. Sa voix claire, sonore et pénétrante, se pliait merveilleusement aux mouvements divers de sa parole ; il l'accompagnait d'un geste si sobre et si beau, qu'il suffisait de le voir pour être saisi (1). « Son âme, conti-
« nue le même auteur, était un jardin fécondé par la
« rosée de la grâce, un parterre embaumé où s'épanouis-
« saient toutes ces fleurs du Ciel, qui se nomment l'humi-
« lité, la sagesse, l'esprit de pauvreté, la ferveur, mais
« une ferveur angélique. On ne se lassait pas d'admirer
« son éloquence, l'élégance de ses manières, la noblesse
« de son caractère, sa douceur, son affabilité. En chaire,
« au confessionnal, avec les prêtres ou avec les fidèles,
« il gardait cet esprit de prudence, qui tient les rênes
« des vertus, et cet oubli de soi-même qui conquiert les
« sympathies. Comment redire les fruits de sa parole ? La
« paix et l'union rétablies, là où régnait auparavant le
« désordre. La liberté rendue aux captifs, l'usure abolie,
« les vols restitués, les pillages réparés, à ce point que
« les coupables engageaient leurs champs et leurs vignes,
« et venaient en déposer le prix aux pieds de l'Apôtre,
« pour restituer, d'après ses décisions, ce qu'ils avaient
« enlevé. »

(1) Manuscrit de Lucerne.

Le Saint, fidèle à ses habitudes d'obéissance, hâtait ses pas vers Limoges où l'attendait sa nouvelle charge.

On s'étonne du nombre de couvents fondés par lui dans ses rapides passages. Mais, à cet âge d'or de la vie religieuse, dès qu'une voix éloquente et sainte se faisait entendre, l'apôtre Dominicain ou Franciscain se voyait entouré d'une foule d'étudiants lui demandant les livrées monastiques. Partout encore, des maîtres érudits comme Alexandre de Halès, Jourdain de Saxe, Réginald d'Orléans, foulant aux pieds la gloire humaine déjà acquise, abandonnaient leurs chaires pour venir à genoux implorer l'habit franciscain ou dominicain. Les couvents se peuplaient sur l'heure. Après en avoir confié les premières charges à quelques religieux éprouvés, le fondateur pouvait, en continuant sa route, préparer une autre ruche pour un nouvel essaim.

Antoine gouvernait depuis quelques jours à peine son nouveau couvent, lorsqu'il sut, par révélation, qu'un novice de grande espérance, nommé Pierre, était tenté de découragement au point de songer à quitter l'Ordre. Le Custode l'ayant appelé, l'embrassa avec tendresse ; puis, lui soufflant au visage, il lui dit : « Recevez le Saint-« Esprit. » A ces mots, le novice tomba comme foudroyé. Tandis que le Saint le relevait avec bonté, il se vit entouré des Frères accourant au bruit de la chute. Revenu à lui, le jeune homme se prit à raconter qu'à la voix d'Antoine, il s'était senti transporté dans un monde merveilleux, au milieu des chœurs angéliques, et qu'il avait entrevu des choses ravissantes. Le Saint l'arrêta aussitôt et lui ordonna d'aller remercier Dieu de sa délivrance. Pierre se tut incontinent, et durant sa longue vie, couronnée d'une sainte mort, il ne souffrit plus d'aucune tentation de tiédeur ou de découragement.

Marc de Lisbonne et plusieurs autres auteurs affirment

qu'un miracle, identique à celui de l'orage de Bourges, fut opéré à Limoges, tandis que le Saint prêchait au *Camp d'Aréas*, devenu la place des Arènes. « L'assemblée « accourue autour d'Antoine fut préservée par sa prière « et sa puissance sur les éléments. Pas une goutte d'eau « ne fut reçue sur ses vêtements, tandis qu'autour « d'ycelle, les rues étaient noyées et pleines du ravage « d'eau, qui estoit tombée du Ciel, sans qu'il en fust « vüe une seule goutte au dit champ, par miracle si- « gnalé. »

Pendant son séjour à Limoges, le Saint renouvela également le miracle de bilocation, qui avait eu lieu à Montpellier. « Le Bienheureux se souvint au milieu d'un ser- « mon, qu'il devait chanter, au chœur de son couvent, la « neuvième leçon réservée au plus haut dignitaire. Incli- « nant la tête, il parut se recueillir profondément. Puis, « après avoir rempli son office au chœur des religieux, il « reprit son discours interrompu (1). »

Le Bienheureux, vivant toujours en la divine présence, puisait en elle une clarté surnaturelle, qui lui découvrait toutes les ruses du démon contre les âmes. Prêchant en Limousin devant un grand auditoire, un courrier vint précipitamment vers une noble dame très attentive au sermon et lui remit un pressant message ; elle poussa un profond gémissement, car on lui annonçait la mort de son fils unique. Un grand tumulte s'en suivit ; mais l'Apôtre, éclairé d'en haut, imposa silence, d'un geste de la main, et s'adressant à la mère désolée : « Cessez, lui dit-il, ma « sœur, cessez de vous chagriner, et bannissez toute « douleur. Ce messager maudit n'est autre que le père « du mensonge, votre fils est bien portant. En témoignage « de ce que je dis, j'ordonne à ce messager d'iniquité de

(1) Marc de Lisbonne. Azzoguidi.

« disparaître sur-le-champ. » Le démon disparut en effet aussitôt, en poussant un cri de rage.

A la tombée de la nuit, une femme pieuse et dévouée avait porté quelques provisions aux pauvres Frères Mineurs de Limoges ; s'étant un peu attardée, elle trouva, en rentrant chez elle, son mari très irrité. La colère de celui-ci croissant avec ses reproches, il la frappa très rudement, et finit par couper et arracher ses cheveux, auxquels elle tenait beaucoup. Alitée par suite de ces mauvais traitements, elle fit prier le Père Custode de venir la visiter.

Antoine, arrivant, se mit à la consoler et à l'exhorter à la patience. Elle lui demanda d'intercéder pour elle auprès du Seigneur. Le Saint, l'ayant promis, se hâta en rentrant au couvent de tenir sa promesse. Tandis qu'il priait, la pauvre affligée se sentit guérie et vit que sa chevelure avait repoussé miraculeusement.

II

La charité du Semeur de miracles aimait à s'exercer au profit des maux spirituels. Visitant la belle abbaye de Solignac, il dut, sur l'invitation de l'abbé, adresser à ses religieux une exhortation qui les laissa ravis et édifiés. Un des moines, le prenant à l'écart, se mit à lui confier les terribles tentations dont il était harcelé, sans que la prière et la pénitence pussent le délivrer. Saisi de compassion, le Bienheureux ôta sa tunique et en revêtit le pauvre Frère qui, à ce contact, se sentit envahi par une force surnaturelle chassant à tout jamais loin de lui les troubles et les épreuves de sa vie intérieure.

A Saint-Junien, l'église ne pouvant contenir tous les fidèles accourus de tous les points du Limousin, le Saint fit élever une estrade pour dominer la foule et lui parler en plein air. Il lui fut aussitôt révélé que le démon, jaloux du bien qu'il allait répandre, chercherait à troubler son auditoire. Le Thaumaturge avertit ses auditeurs, au début de son discours, de ne point s'émouvoir de ce qui pourrait survenir, parce qu'il n'en résulterait aucun mal. Presque en même temps, au milieu d'un horrible vacarme, l'esprit des ténèbres renversa le Prédicateur et son estrade. Il y eut bien un moment de crainte et d'angoisse, mais personne ne fut atteint ni blessé. Antoine fit rapidement redresser deux marches, et, montant dessus, il continua son instruction qui produisit des effets encore plus merveilleux que de coutume.

Il semblerait, à parcourir les nombreux miracles opérés par le Saint durant sa vie mortelle, qu'en souvenir sans doute de sa Mère du Ciel et de sa mère de la terre, il réservait aux supplications maternelles qui lui furent si souvent adressées, ses plus ravissants prodiges. Il se plut tellement à les multiplier en Limousin, même après sa mort, que toutes les mères chrétiennes ont toujours eu dans la bonté du bienheureux Antoine une confiance · absolue pour leurs enfants.

L'abbé Bonnélye écrivait, il y a vingt ans, que l'on en recueillait encore tous les jours la preuve devant les Grottes de Brive. Depuis, les *Echos* du pèlerinage confirment tous les mois, par le récit de nouvelles faveurs obtenues, la croyance séculaire.

Voici comme une petite gerbe de miracles accordés spécialement aux jeunes enfants :

Mgr Berteaud, l'illustre évêque de Tulle, affirmait l'authenticité du gracieux prodige accompli à Limoges, pendant le séjour du Saint dans cette ville. Prêchant dans

une église éloignée du couvent, il avait promis à une
pieuse dame très dévouée aux Frères Mineurs, d'aller
prendre chez elle une légère collation. Chacun savait
qu'absorbé par ses travaux apostoliques, Antoine arrivait
souvent à la nuit tombante, sans avoir pris d'autre nourriture que la sainte Eucha-
ristie. Très désireuse cependant d'entendre
l'Apôtre, la pieuse
femme fit d'avan-
ce préparer la
table et courut au
sermon, laissant
son jeune fils sous
la garde d'une
servante. Celle-ci
étant sortie un ins-
tant, l'enfant vint
jouer seul près
du foyer et, tré-
buchant, tomba la tête la première dans
un bassin d'eau bouillante. La servante
crut en devenir folle, le retrouvant mort
et affreusement brûlé.

La jeune mère cependant se hâtait de rentrer au logis,
afin de servir le Père Antoine de ses propres mains.
Entendant des cris, elle eut le pressentiment de son
malheur. Saisissant le petit cadavre, elle le couvrit de
larmes et de baisers ; puis, espérant peut-être que le
Thaumaturge aurait pitié de sa douleur, cette femme
forte et chrétienne impose silence autour d'elle, et porte
l'enfant sur le lit d'une chambre voisine. Fidèle à sa pro-

L'enfant ressuscité avait une pomme dans chaque main (p. 54).

messe, le Saint arrivé, elle s'empresse, sans rien dire, à le servir de son mieux. A la fin du repas, à sa grande surprise, Antoine semble regretter qu'on ne lui offre point de pommes. « Si j'en avais à la maison, lui dit-elle confuse, je me hâterais de vous en présenter. — Mais si, il y en a et de très belles, lui répond le Saint ; j'en vois d'ici toute une corbeille dans l'appartement d'à côté. » La malheureuse se lève, sur l'insistance du Thaumaturge, et se dirige tremblante vers la chambre indiquée. Doux miracle d'exquise charité ! Elle voit son fils ressuscité, couché dans une corbeille, entouré de pommes magnifiques, et en tenant déjà une de chaque main. Transportée de bonheur et de reconnaissance, elle vint déposer la corbeille aux pieds du Saint, qui accepta en souriant une des pommes présentées par l'enfant.

Une autre fois, une femme éplorée vient se jeter aux genoux du Saint, en lui disant qu'elle vient de perdre son fils unique. Emu de pitié, le Thaumaturge, comme autrefois le Sauveur, lui répond : « Allez, votre fils est guéri ! » Elle court vers sa demeure, et voit de loin son fils sur le seuil, jouant, plein de vie et de santé, avec ses petits camarades.

Une autre mère, dans son empressement à se rendre au sermon du Saint, laisse imprudemment son fils auprès d'une chaudière en ébullition. A son retour, elle l'aperçoit assis dans ce bain brûlant ; elle s'affole, sans même songer à l'en retirer ; on accourt à ses cris, mais l'enfant, sain et sauf, tendait en riant ses petits bras à ses sauveurs stupéfaits d'admiration.

Rappelons que, deux ans plus tard, le Semeur de miracles assurait le succès de sa prédication à Ferrare par un prodige de premier ordre. Une noble patricienne se trouvait enveloppée dans les réseaux inextricables d'une perfide calomnie. Son mari, la croyant coupable, allait la faire condamner comme infidèle à tous ses devoirs d'épouse et de mère.

Tout à coup le Bienheureux vient à passer devant ces sortes d'assises publiques, telles qu'on les rencontrait au moyen âge. Imploré, peut-être encore plus par les regards que par les paroles de l'accusée serrant sur sa poitrine l'enfant de quatre à six mois, reproché comme la preuve vivante de son crime, le Thaumaturge s'approche de l'innocente créature qui tendait vers lui ses petites mains en souriant, avec la candide tendresse du premier âge. Antoine tressaille, se souvenant que Dieu sait rendre éloquentes les lèvres des enfants encore à la mamelle, il prend entre ses bras celui de la pauvre outragée, et l'adjure tout haut, au nom du Dieu vivant, de déclarer en termes précis et positifs quel est l'auteur de ses jours. Et le petit être, encore dans ses langes, prononça d'une voix claire et nette, en se tournant vers l'accusateur : « Voici mon père ! » Le miracle était aussi touchant que décisif. « Aimez cet enfant, dit alors le Thaumaturge au grand seigneur atterré, car il est vôtre. Aimez aussi votre épouse si fidèle, si dévouée, si digne de tous vos respects. »

Les Chroniques Portugaises rapportent qu'un neveu d'Antoine, nommé Apparitio, se noya pendant une promenade sur le Tage. Trois heures plus tard, les mariniers rapportèrent à dona Féliciana le petit cadavre raidi ; l'enfant avait cinq ans. Les parents songèrent bientôt à ordonner les préparatifs de la sépulture ; cependant la jeune mère, à genoux devant le portrait du Bienheureux, lui adressa cette touchante prière : « O mon frère ! Toi « qui compatis à toutes les douleurs, même à celle des « étrangers, ne serais-tu donc insensible qu'à celles de ta « sœur ? Rends-moi mon fils ! je t'en supplie ! En retour, « je le consacrerai au service des autels, et il entrera « dans ton Ordre. » Apparitio revint à la vie, et accomplissant plus tard le vœu maternel, se sanctifia sous la bure franciscaine.

Le Saint, attendri par la prière fraternelle, était encore plus touché des épreuves et de la confiance des pauvres.

Un bûcheron, penché sur le cadavre de son fils unique, se refusait absolument à le laisser ensevelir... « Non! « non! répondait-il à toutes les instances ; je l'ai recom- « mandé au P. Antoine, il ne sera pas sourd aux suppli- « cations d'un malheureux père ! » Au soir du troisième « jour, l'adolescent se releva plein de vie.

III

Il faudrait nommer et parcourir une à une les plus petites bourgades, comme les villes du Limousin, pour retracer fidèlement les prodiges du Bienheureux, et se faire l'écho de toutes les traditions locales et populaires qui le célèbrent à l'envi.

« Antoine, encore Custode de Limoges, poursuivait, « sur le plateau du Limousin, ses courses apostoliques. « Partout les montagnards accouraient sur ses pas, et « quand sonnait l'heure de la séparation, on les vit plus « d'une fois descendre jusque dans les vallées profondes, « où l'infatigable Missionnaire s'en allait à la recherche « des âmes. Pieds nus, à travers neiges et frimas, comme « un pauvre de JÉSUS-CHRIST, il aimait à pénétrer dans « les plus humbles chaumières. Les enfants s'attachaient « à sa robe de bure, et les mères, ravies de la bonté de ce « moine qui caressait leurs enfants, comme le faisait « jadis le Maître dans les montagnes de la Galilée, le

« suivaient pour l'entendre,
« le servir et le préserver des
« pièges des Manichéens (1). »

Ce fut sur ce coin de terre privilégié,
à quelques distances des Grottes de Brive, dans le bourg
de Châteauneuf-la-Forêt, que le bienheureux Antoine
reçut la plus douce récompense de son amour pour les
faibles et les petits.

L'Apôtre, fidèle aux recommandations du Sauveur à ses
premiers disciples, leur ordonnant de prendre le gîte et la
nourriture là où l'on voudrait bien les leur offrir, avait
accepté l'hospitalité du seigneur de Châteauneuf, ami
dévoué et bienfaiteur de son couvent. On lui avait assigné une chambre isolée dans une aile du château, afin
qu'il pût « y vaquer plus facilement à l'exercice de l'Orai-
« son. Or, tandis que le bienheureux Antoine priait tout
« seul avec délices, son hôte allait et venait dans les

(1) *Vie du Saint*, par Mgr RICARD.

Saint Antoine reçoit l'Enfant Jésus dans ses bras (page 58).

« dépendances du manoir. A un moment, sa sollicitude et
« sa dévotion pour le Saint lui firent jeter les yeux sur la
« chambre qu'il occupait, et au travers de la fenêtre, il
« vit dans les bras du Bienheureux un enfant d'une grande
« beauté, qui l'embrassait avec tendresse ; de son côté, le
« Saint lui rendait ses baisers et ses caresses, et ne déta-
« chait pas un instant ses regards de sa ravissante figure.
« Le seigneur, pâle d'émotion, hors de lui-même à la vue
« de la beauté de cet enfant, se demandait d'où était venu
« ce charmant petit être.

« Désireux de connaître quelque chose de la merveil-
« leuse vision, il interrogea le Saint. Celui-ci, sachant
« déjà, par révélation, dans quelle mesure son hôte avait
« été initié aux faveurs de l'ENFANT-DIEU, lui révéla que
« sa maison fleurirait et jouirait d'une grande prospérité,
« tant qu'elle serait fidèle au catholicisme, mais qu'elle
« serait accablée de malheurs et s'éteindrait si elle deve-
« nait hérétique (1). »

Aujourd'hui, Châteauneuf-la-Forêt est un chef-lieu de
canton de la Haute-Vienne, au nord de la Corrèze. Il y a,
dans l'église paroissiale, un tableau de la chapelle de
l'ancien château représentant le Saint aux pieds de
l'Enfant Jésus, confirmant les assertions du P. Bonaventure de Saint-Amable dans ses annales du Limousin. Il
dit que « le seigneur de Châteauneuf faisait de grosses
« aumônes au Saint et l'aidait au bâtiment de son cou-
« vent. Il lui fournissait abondamment l'huile pour la
« lampe du sanctuaire et avait ordonné par testament,
« qu'à chaque changement de seigneur, celui qui aurait
« Châteauneuf fournirait chacun des Frères-Mineurs de
« Limoges d'une *robe neuve*. »

« De nos jours, ajoute le chroniqueur, on a vu l'accom-

(1) *Liber miraculorum*, ap. BOLLAND.

« plissement de la prophétie du Saint, car le dernier
« seigneur de Châteauneuf, qui estoit boîteux et huguenot,
« mourut sans postérité, et son château et autres seigneu-
« ries qui en dépendaient ont passé en mains étrangères,
« et des bourgeois de Limoges en sont possesseurs (2). »

La tradition affirme que le Serviteur de DIEU vit plusieurs fois, dans sa courte existence, l'auguste MARIE
déposer entre ses bras son divin Enfant JÉSUS. La multiplicité de ces visions semble confirmée par la variété des
anciennes gravures et peintures représentant ces tou-
chantes apparitions. Celle de Châteauneuf, devenue la
plus populaire, a été immortalisée par le pinceau de
Murillo. Elle préludait à peine de quelques mois à celle
dont le Saint, en péril, fut favorisé dans les Grottes de
Brive et que nous avons racontée dans l'introduction
d'après l'abbé Bonnélye.

(2) *Bonaventure de Saint-Amable.* (Notice de M. l'abbé AUBELLOT.)

A BRIVE

I

« Ce fut vers la fin d'octobre 1226, que l'illustre Fran-
« ciscain, quittant Limoges, se rendit à Brive. Le temps
« presse l'étonnant Apôtre, et cependant, sur sa route, il
« rencontre bien des bourgades, et les évangélise en
« passant ; Pierre-Buffière, Masseret, Uzerche, Donzenac
« entendirent sa puissante parole (1). »

Bien que plusieurs auteurs aient raconté le miracle du
tonneau de vin rempli et de la coupe de verre ressoudée
à la prière du Saint, aucun ne donne de *preuves* du lieu
où s'accomplit ce double prodige. Le Frère Bonaventure
de Saint-Amable, chroniqueur du Limousin, et après lui,
l'abbé Bonnélye le placent, non sans raison, au petit
village de Saint-Antoine, sur les hauteurs dominant
Brive, non loin des Saulières où les Récollets bâtirent un

(1) *Vie du Saint*, par M. l'abbé BONNÉLYE.

couvent. Les vieillards se souvenaient d'avoir vu les fondements d'une chapelle. L'on peut dire d'une façon générale que partout où le Saint accorde une faveur éclatante, on éleva une chapelle, une église, un monument, pour en perpétuer le souvenir.

Le très compétent curé de Saint-Sernin de Brive raconte que le bienheureux Antoine et son compagnon, exténués, arrivant sur les hauteurs dominant la ville, acceptaient d'une pauvre veuve l'offre de se reposer un peu et de se rafraîchir. Les deux religieux ayant accepté avec reconnaissance, elle courut emprunter à une voisine une large coupe de verre. Dans son empressement à servir les voyageurs, elle oublia sur le tonneau de vin, le *fausset* (1).

Le Frère qui accompagnait le Bienheureux brisa par mégarde la coupe de verre qui se trouva séparée de son pied. L'hôtesse se souvint au même instant de son oubli, elle court au cellier, y trouve son vin presque tout répandu. Désolée de cette double perte, elle remonte et elle voit le Saint, affligé à son tour, s'incliner sur la table, la tête entre ses mains, et adresser à Dieu cette prière : « Seigneur, avez-vous donc voulu attrister ainsi cette « pauvre et charitable Veuve, qui s'est ôté le morceau de « la bouche pour nous le donner ? Ne permettez pas « pas qu'elle soit si mal récompensée de cet excès de « bonté ! » Tandis qu'elle le regardait et l'écoutait, anxieuse de ce qui allait se produire, elle vit la coupe de verre se ressouder d'elle-même dans l'état où elle était auparavant ; elle la saisit toute étonnée et la secouant avec force, s'émerveille de la voir si bien rajustée. Reve-

---

(1) Petite broche de bois servant à boucher le trou de la barrique. (Il est bon de remarquer, comme preuve à l'appui, que Bonaventure de Saint-Amable se sert aussi de ce mot *fausset*, encore en usage dans le Limousin.)

nant à son tonneau, elle le trouve tellement plein, qu'il
débordait en bouillonnant comme du vin nouveau ! « C'était
« bien, ajoute ici le Frère Jean Rigaud, autre historien
« du Limousin, du vin nouveau que Dieu venait de créer
« et d'augmenter, afin que la vertu et l'efficacité de la
« prière d'Antoine apparussent dans ce miracle. » De son
côté, Bonaventure de Saint-Amable confirme le lieu du
miracle en Limousin en ajoutant aussitôt : « A un quart
« de lieue de Brive, il y a un oratoire ou chapelle célèbre
« de saint Antoine de Padoue, qui lui a servi de lieu de
« pénitence et de retraite quand il voyageait en Limousin.
« Lequel est sans cesse fréquenté de toutes sortes de
« personnes, à cause de la dévotion qu'on lui porte, et
« des merveilles qu'il y opère jusqu'à nos jours. » (1683.)

Si le bruit des merveilles opérées par le serviteur de
Dieu, était depuis longtemps parvenu jusqu'à Brive, il y
était encore lui-même tout à fait inconnu. Venait-il
poussé par le désir d'évangéliser la ville, ou poussé par
l'inspiration divine ? Voulait-il y fonder un couvent de son
Ordre ? Nul ne le sait. Il prêcha pour la première fois
dans l'église de Saint-Martin, reconstruite par saint
Ferréol, évêque de Limoges. Ses auditeurs, subjugués par
son éloquence entraînante, paraissaient suspendus à ses
lèvres. L'un d'eux, très riche bourgeois de la cité, lui
offrit sur l'heure tout ce qu'il possédait pour la fondation
d'un couvent. Le Bienheureux accepta. Wadding et François de Gonzague appellent cet homme Quintus de Falci,
et Marvaux le nomme Guillaume Fallieri. Mais, ajoutent
les historiens limousins, ce fut le vicomte de Turenne,
Raymond IV, qui devint le véritable fondateur ; ce fut
sur ses terres que fut construite la première demeure des
Frères Mineurs.

Le Saint ayant appelé près de lui quelques Frères de
Limoges, s'empressa de former les novices qui se présen-

taient aux sacrifices et à la régularité de la vie religieuse. Rien de plus touchant et de plus instructif, à ces âges de foi, que les privations, la pauvreté et la ferveur de toute nouvelle fondation monastique.

« Un jour, Frère Antoine, qui était, par sa charge, « obligé de pourvoir à la subsistance de ses Frères, « n'avait rien à leur donner pour le repas. Il fit prier une « bonne Dame de Brive, de vouloir bien lui envoyer quel- « ques légumes de son jardin. Or, à ce moment, la pluie « tombait par torrents. Elle ordonna cependant à la « servante de descendre au jardin, et d'en rapporter tout « ce qu'il fallait pour venir en aide au couvent. Cette fille, « sans hésiter, courut arracher un gros paquet d'oignons, « les porta au couvent et revint chez sa maîtresse. Elle « avait fait toutes ces courses sans recevoir une goutte « d'eau sur ses vêtements, malgré la boue et une pluie « battante. Ce prodige fit grand bruit dans la ville et « aux environs, il attira la bienveillance et la faveur de « tous, sur les bons Frères Mineurs (1). »

« Cette Dame avait un fils nommé Pierre, qui devint « chanoine de Saint-Léonard de Noblac. Il racontait « souvent avec joie, à la louange du bienheureux Antoine, « ce récit qu'il tenait de sa mère. Cette pieuse Dame « conjura son fils de faire tous ses efforts à l'avenir, « pour que rien ne manquât aux Frères Mineurs, en « l'assurant qu'il en recevrait infailliblement la récom- « pense du Seigneur. Il observa toujours fidèlement cette « recommandation maternelle (2). »

L'abbé Bonnélye fait ici remarquer que de temps immémorial, le dimanche après la Saint-Barthélemy, il se tient sur la place Sainte-Ursule, jadis place des Cor-

---

(1) Dalmaïda, *Vida et Milagras de santo Antonio.*
(2) *Annal. Minorum,* Wadding.

deliers, un grand marché d'oignons. Et comme rien ici-bas ne peut être l'effet du hasard, il y voit justement la consécration permanente et le souvenir vivant et populaire du fait que nous venons de raconter.

L'intrépide Missionnaire continuait à porter de tous côtés la parole de Dieu, flétrissant avec énergie les vices de l'époque, faisant ployer sous le joug du Christ les puissants et belliqueux seigneurs de la contrée, tout en demeurant l'avocat et le protecteur des faibles et des opprimés.

Un pauvre pécheur, touché des exhortations du Saint, vint le trouver au tribunal de la Pénitence, si troublé, si contrit, qu'il ne pouvait s'accuser de ses fautes. Le Bienheureux lui conseilla de les écrire, il revint tenant en main, leur trop longue liste. Or, à mesure qu'il les accusait, en pleurant, une main invisible les effaçait sur le parchemin ; quand il arriva à la dernière, la page était redevenue blanche, image de la pauvre âme purifiée par le repentir et la parole du thaumaturge.

Nous avons raconté, dès les premières pages, le grand miracle de l'apparition de Notre-Dame de Bon-Secours, venant délivrer son fidèle serviteur des serres de l'ennemi infernal, laissant dans la Grotte bénie ce parfum divin qui attire encore plus que jamais la foule des pèlerins. Antoine allait y donner une preuve de sa pénétration surnaturelle pour deviner et combattre les ruses du démon, exaspéré par ses victoires.

« Les religieux se rendant à l'oraison, après Complies, « virent une troupe d'hommes armés d'instruments de « fer, faisant de grands dégâts dans les vignes de leur « principal Bienfaiteur. Très affligés, ils coururent à « Antoine déjà en prière, afin de l'avertir au plutôt de ce « dommage. Mais le Saint leur répondit paisiblement : « Rendez-vous à l'oraison, mes frères, ceux qui vous

« semblent fouler cette
« vigne ne sont autres
« que les démons qui
« voudraient vous dé-
« tourner de la prière.
« Dieu, ne les a pas
« autorisés à dévaster
« cette vigne, vous
« verrez demain matin
« que tout ceci n'est
« qu'une illusion, pour
« vous détourner du

« devoir ; c'est une tenta-
« tive du mauvais (1). »
Sur la parole du Saint,
les religieux rassurés, se
rendirent à l'oraison, et
virent au point du jour,
que tout ce qui leur était
apparu la veille, n'était
qu'un artifice diabolique.

Le rapide séjour de
saint Antoine à Brive,
devait encore voir s'accomplir le grand
évènement, regardé par les auteurs

(1) Dalmaïda.

MARIE délivre Antoine de l'attaque du démon (page 64).
Le novice rapporte au Saint le manuscrit dérobé (page 66).

les plus sérieux, comme le point de départ de son séculaire et merveilleux pouvoir, pour faire retrouver les choses perdues.

« Il se trouva dans cette solitude privilégiée, un jeune
« novice qui dégoûté de la vie austère et pénible de
« l'Ordre *s'enfuit*, sans avertir de son départ. Or il avait
« mis la main sur un très précieux manuscrit de notre
« Bienheureux ; c'était son commentaire ou discours sur
« les psaumes, travail pieux et savant, enrichi des anno-
« tations du Saint, son unique répertoire pour ses confé-
« rences monacales et ses sermons populaires. Très
« éprouvé par cette perte, Antoine se mit humblement en
« prières, conjurant le Seigneur de lui faire retrouver son
« manuscrit. — Peu de jours après, le coupable revint au
« couvent, racontant qu'à peine arrivé aux bords de la
« rivière, (au pont du Bouys, selon toute apparence), il
« était sur le point de passer à l'autre rive, lorsqu'il vit
« le démon se dresser devant lui, sous une forme épou-
« vantable et menaçante. « Je t'ordonne, lui avait-il dit,
« sous peine de mort, de rétrograder et de restituer sur
« le champ, l'objet que tu as volé. » Le jeune homme,
« disant ces mots, s'était précipité aux pieds du Bienheu-
« reux, le suppliant avec larmes, de lui pardonner sa
« double faute et d'avoir pitié de lui. Le Saint le releva
« avec tendresse et lui assura que tout était oublié ;
« Dieu lui rendait à la fois, son manuscrit et son Frère
« novice (1). »

« Tout le monde sait, ajoutent les Bollandistes, que
« saint Antoine a été prédestiné de Dieu, pour rendre les
« choses perdues par hasard ou enlevées par les voleurs. »

« De même, dit le Frère Mineur Pelbarto, que le Sei-
« gneur glorifie saint Antoine pendant sa vie en lui

(1) Analecta.

« accordant la grâce de convertir les âmes égarées, de
« même, depuis qu'il est dans le ciel, il lui a conféré
« celle de rendre miraculeusement les choses perdues, à
« ceux qui ont recours à lui. »

Un célèbre docteur de l'Université de Paris, Guillaume
Pépin, disait dans un éloquent discours : « Saint Antoine
« a reçu le privilège des choses perdues, qui très souvent,
« sont retrouvées par ses mérites, comme j'en ai fait
« moi-même bien souvent l'expérience. Aussi ai-je bien
« le droit de m'écrier en empruntant à saint Bernard, les
« paroles qu'il adressait à Marie, Mère de Dieu : Que
« ceux-là, vous refusent leurs louanges, ô saint Antoine,
« qui, après avoir imploré pieusement votre assistance se
« souviennent de l'avoir fait en vain ! »

« Ce bonheur de retrouver les choses perdues, dit un
« auteur contemporain, saint Antoine l'avait éprouvé lui-
« même, en recouvrant son précieux manuscrit. Ce
« même bonheur, il l'a obtenu à bien d'autres recourant
« à son intercession, du xiiie siècle à la fin du xixe. Il
« faudrait d'énormes recueils pour relater ses prodiges à
« ce seul sujet, chez tous les peuples et à tous les ins-
« tants. Cette généreuse spécialité de saint Antoine a fait
« naître dans l'expression de la confiance de toutes les
« nations du globe, un ton et des façons de familiarité
« touchante. De nos jours encore, la même simplicité
« règne dans les rapports que ses clients gardent avec le
« bon Saint (1). »

(1) Vie du Saint, par Mgr Ricard.

II

On a dit de saint Dominique et de saint François, qu'ils ne savaient détacher leurs cœurs de leurs sanctuaires bien-aimés de Notre-Dame de Prouille et de Notre-Dame des Anges. C'est que la reconnaissance des faveurs célestes reçues dans ces lieux bénis avait laissé dans leur âme une ineffaçable empreinte. Le bienheureux Antoine favorisé de l'apparition de MARIE et de grâces insignes, pendant son séjour aux Grottes de Brive, ne pouvait les oublier davantage. Sa bonté exauce d'une façon toute particulière, depuis sept siècles bientôt, les prières et les demandes adressées dans ce sanctuaire.

L'érection du centre national de la Pieuse-Union pour la France, par la volonté du Ministre Général des Frères Mineurs, rappelle les privilèges accordés à Notre-Dame des Anges, par les Papes du moyen âge.

L'année 1895, si glorieuse pour saint Antoine, ne l'est pas moins pour Brive et le Limousin. Les fêtes de la consécration de l'Eglise, les pèlerinages provoqués par le Congrès du Tiers Ordre tenu à Limoges, la foule qui n'a cessé de venir prier, l'ont rendue inoubliable pour tous les zélés serviteurs de saint Antoine. Si Lisbonne et Padoue se glorifient, à juste titre, de garder le berceau et la tombe du Thaumaturge, Brive et la France ont le privilège de posséder la retraite choisie et bien-aimée qui lui avait certainement inspiré cette page où le poète le dispute au théologien :

« De même que la tourterelle, si elle est privée de son

« fidèle compagnon, s'en va solitaire et gémissante ; pen-
« dant la saison d'hiver, elle descend vers les vallées, elle
« habite le creux des troncs d'arbres ; mais quand vient
« l'été, elle s'élève vers les montagnes, et y fait son
« séjour. De même, le vrai pénitent se tient éloigné du
« péché ; tant qu'il vit dans ce corps périssable, il se
« regarde comme en exil loin du Seigneur. Il est privé de
« son Bien-Aimé ! Voilà pourquoi il vit solitaire, sans se
« mêler à la foule turbulente. Il se plaît aux gémisse-
« ments, il aime la solitude de l'esprit et du corps, pen-
« dant l'hiver de la vie présente, il se contente de peu.
« Mais quand viendra l'été de la gloire éternelle, il pren-
« dra son vol, vers les montagnes de la céleste
« Patrie (1). »

III

Saint François d'Assise mourut le 4 octobre 1226. —
Quand cette douloureuse nouvelle parvint, longtemps
après, au bienheureux Antoine, ce fils de l'obéissance ne
songea plus qu'à se rendre au Chapitre fixé à la fête de la
Pentecôte. Mais voyageant à pied, et désirant d'abord se
rendre à Rome, aux pieds du Pape, il fit ses adieux aux
Grottes de Brive et au Limousin, et traversa la France
pour aller s'embarquer à Aigues-Mortes.

Saint Antoine ne devait plus revoir ce pays de ses pères,
qu'il venait d'arroser de ses sueurs, et de féconder de sa

(1) (*Divi Antonii Paduani, opera et studia* R. P. Pagi.
Avenione, 1684.)

brûlante parole. Il avait largement payé sa dette à son pays d'origine, par les bienfaits de son apostolat. Mais les saints n'oublient pas! Il devait se souvenir de la France et des provinces qu'il avait évangélisées, non seulement pendant le reste de sa courte vie mortelle, mais encore et surtout une fois en possession de la Patrie céleste, en continuant à leur prodiguer ses bénédictions et ses bienfaits.

EN ITALIE

(Second séjour.)

I

Aux regrets de quitter pour toujours la chère solitude de Brive, se joignait pour le Saint la douleur de laisser inachevée la grande œuvre de la répression de l'hérésie.

Toulouse, réputée comme son boulevard, n'était point encore tombée au pouvoir des Croisés. Lorsque, seize ans après, la prise du château de Montségur marqua le dernier acte du drame, le Bienheureux jouissait déjà de la vision béatifique.

Il quitta donc la France.

De graves auteurs disent que saint Antoine, débarquant une seconde fois en Sicile, fut reçu par ses Frères, non plus comme un inconnu, mais comme avec cette auréole que lui avait faite la renommée de ses miracles et de ses vertus. Ils racontent toutefois que le Gardien de

Messine, absent à son arrivée, fut choqué du prodige opéré pour donner au couvent une eau abondante. Il lui ordonna de ne quitter sa cellule que pour venir au réfectoire s'infliger une rude discipline. Le Saint, si profondément épris de tout acte d'humilité et de pénitence, obéit si bien, et à la lettre, que l'on put vénérer longtemps après sa mort, au 13 juin, les gouttes de son sang répandu sur les dalles et la cellule où il avait dû se renfermer et qui était transformée en chapelle (1).

A Terrentino, où l'on bâtissait un couvent, un charretier fut écrasé et son corps réduit en bouillie sanglante sous la chute d'un échafaudage chargé de pierres. Le thaumaturge lui rendit la vie, au nom du Christ et du Séraphin d'Assise.

A Céfala, on voit encore une tour du nom de Saint-Antoine, renfermant une cloche que l'on met en branle pendant la tempête en invoquant le Bienheureux, qui semble aussitôt calmer la furie des éléments.

Missaglia, Azzoguido, comme Ange de Vicenza placent à Noto les deux touchants miracles du chapon transformé. Afin de tendre un piège à leur puissant adversaire, les hérétiques invitèrent Antoine à dîner avec eux un vendredi et lui servirent un membre de chapon, espérant le forcer à en manger en lui citant la parole du divin Maître : « *Mangez ce que l'on vous présentera* (2). » Le Saint n'ayant fait aucune objection, l'émissaire placé au guet, courut dire à l'Evêque du lieu : « Venez voir de vos yeux, le prédicateur faire gras un jour défendu ! » Désireux de confondre les ennemis du Saint, le prélat arrive au plus vite et voit le Bienheureux, prenant son repas, absorbé comme d'ordinaire dans ses pieuses pensées pen-

---

(1) Azévédo, lib. I, cap. xxi.
(2) Luc, x, 8.

dant sa réfection : « Que mangez-vous ? Frère Antoine, »
s'écrie-t-il consterné. Celui-ci souriant avec une grâce
pleine de modestie, lui présente son assiette à demi
remplie des grosses arêtes du poisson miraculeusement
substitué à la viande offerte par les hérétiques. Plus
irrités que convaincus, ils lui présentèrent une autre fois,
un hibou entouré d'herbes, le priant ironiquement de le
découper, en souvenir de son premier prodige. Avec sa
mansuétude habituelle, le thaumaturge se rendit à leur
désir ; mais, sous son couteau, chaque membre de l'oiseau
coriace se transformait en chair délicate et succulente.

Cette fois, les hérétiques convertis et repentants, s'age-
nouillèrent aux pieds du Saint, et abjurant leurs erreurs,
lui demandèrent de rentrer dans le sein de la véritable
Eglise (1).

II

L'histoire est souvent ingrate ; mais l'Eglise ne saurait
le devenir. Elle a consacré dans un même culte d'admiration les noms de Dominique de Gusman et d'Antoine de
Padoue qui, au milieu des répressions sanglantes, des
actes iniques, inséparables de toute guerre, même légi-
time et sainte, surent remporter sur l'hérésie les plus
grandes victoires par les seules armes de la prière, de la
pénitence et de leur éloquente parole.

« Antoine arriva à Rome un peu avant le Carême de
« 1227, chargé, disent les chroniques de l'Ordre, de con-

(1) Azévédo. *Vita de S. Ant.*

« sulter le Saint-Siège, sur plusieurs affaires relatives
« aux intérêts de la province de France (1) ».

Honorius III avait confirmé la Règle franciscaine ; il
semblait attendre, pour mourir, d'avoir béni le plus grand
Saint formé par elle ; il expira le 18 mars 1227. Le cardinal Hugolin Conti, évêque d'Ostie, lui succéda sous le
nom de Grégoire IX Il avait été le conseiller et l'ami le
plus fidèle de saint Dominique et de saint François. Ce
dernier lui avait naguère adressé cette lettre prophétique :
« A mon Révérend Père et Seigneur Hugolin, qui doit
« être un jour l'Evêque du monde entier et le Père de
« toutes les Nations ! »

Honorius III, avait chargé le Bienheureux Antoine de
prêcher le Carême à Rome. Sa réputation était immense ;
la Cour Pontificale ne voulait rien perdre de cette parole
inspirée « coupant les vices jusqu'à la racine pour
« semer à leur place les germes des vertus et des bonnes
« mœurs. » Grégoire IX, devenu l'auditeur assidu et
enthousiaste du jeune orateur, lui décerna publiquement
le surnom glorieux : « *d'Arche du Testament !* » resté
le plus beau titre du Bienheureux.

Le Pape, ayant promulgué pour les fêtes de Pâques
une grande Indulgence, on vit accourir à Rome, de tous
les points du monde catholique, une foule immense de
pèlerins. Antoine, chargé de leur expliquer les conditions,
la nature et les privilèges de cette faveur spirituelle,
prêcha en plein air le jour de la Résurrection. Par un
insigne miracle semblable à celui du jour de la Pentecôte,
à Jérusalem, tandis qu'il parlait devant le Pape et le
Consistoire, en présence d'hommes de tous pays et de
toute langue, chacun le comprit aussi clairement que
s'il se fut exprimé dans la propre langue de chacun.

(1) *Vita anonyma*, ch. VIII.

III

Antoine avait grande hâte de quitter Rome ; peu de jours le séparaient maintenant du Chapitre général ; il désirait se retremper dans la vie religieuse auprès du tombeau de son séraphique Père. Ne perdant jamais de vue le salut des âmes, il se dirigeait vers Assise pieds-nus, priant ou chantant l'*O gloriosa Domina !* et ses cantiques préférés à JÉSUS et à MARIE. Il arrêtait les pâtres, les laboureurs, les mendiants, pour les consoler de leurs tristesses et leur rappeler le chemin du Ciel.

Le nouveau Ministre Général, fut l'ancien et célèbre jurisconsulte de Florence, Jean Parenti. Ami de la Règle, passionné pour la prospérité de l'Ordre, les suffrages d'Antoine lui étaient acquis d'avance. Celui-ci fut déchargé de son emploi de Custode de Limoges et nommé Provincial de l'Emilie et des Romagnes.

« Bien qu'il fût sans rival en Italie pour la doctrine et « l'éloquence, néanmoins dans l'exercice de ses fonctions, « il se montrait merveilleusement facile et compatis- « sant (1). »

L'hérésie travaillait alors l'Italie autant que la France et l'Allemagne. Dès que le Bienheureux eut réglé les affaires et parcouru les couvents de sa province, il reprit avec une nouvelle ardeur son ministère apostolique, protégeant le pauvre peuple contre les séductions de l'erreur. Les humbles, les petits lui étaient toujours très

(1) *Vita anonyma*, chap. IX.

chers ; mais il savait courir aux *loups* qui menaçaient
le troupeau afin d'adoucir leur férocité et de les rame-
ner eux-mêmes au bercail.

Rimini était alors le camp retranché des hérétiques.
Antoine n'hésita pas à s'y rendre. Il ouvrit des conférences publiques, réfutant, attaquant chacune de leurs
doctrines et de leurs monstrueuses pratiques. Mais
irrités par ce zèle éloquent, les hérétiques restèrent plus
durs que la pierre.

Sans se décourager, le Thaumaturge tourna toutes ses
espérances vers le Ciel, répandant des larmes abondantes
dans la prière et la pénitence. Afin d'ôter à ses ennemis
tout prestige auprès du peuple, il résolut de s'adresser
aux êtres privés de raison. Descendant au rivage, là même
où le fleuve se jette dans la mer, il s'écria : « Ecoutez la
« parole de Dieu, vous, poissons de la mer et du fleuve,
« puisque les hommes hérétiques dédaignent de l'en-
« tendre ! » A peine eût-il parlé qu'il accourut près du
bord une multitude de poissons, grands, petits et moyens,
que jamais, en cet endroit, on n'en avait vu autant. Tous
tenaient la tête hors de l'eau et semblaient regarder la
face de saint Antoine ; tous dans le plus grand ordre
et la plus grande paix. Sur le bord de la rive se pres-
saient les plus petits ; après eux venaient les moyens, et
derrière, là où l'eau était plus profonde, se tenaient les
plus gros. Tous étant bien rangés dans cet ordre, Antoine
se mit solennellement à les prêcher et à leur dire :
« Mes Frères les poissons, vous êtes fort obligés, selon
« votre pouvoir, de rendre grâce à votre Créateur qui
« vous a donné un si noble élément pour votre habitation ;
« car, selon qu'il vous plaît, vous avez des eaux douces et
« des eaux salées. Il vous a ménagé beaucoup de refuges,
« pour échapper aux tempêtes. Il vous a encore préparé
« un élément clair et limpide dont vous vivez, et une

« nourriture toujours prête. Dieu, votre Créateur libéral
« et bon, quand Il vous fit naître, vous commanda de
« croître et de multiplier et vous donna sa bénédiction.
« Quand le déluge arriva, quand tous les autres animaux
« moururent, Dieu vous réserva seuls sans dommages.
« Ensuite Il vous a donné des nageoires pour courir où il
« vous plaît. A vous, il fut accordé par le commandement
« de Dieu de garder le prophète Jonas, et, après trois
« jours, de le rejeter sain et sauf au rivage. C'est vous
« qui donnâtes le cens pour Notre Seigneur Jésus-Christ,
« qui, en sa qualité de pauvre, n'avait point de quoi le
« payer. Par un mystère singulier, vous servîtes de nour-
« riture au Roi éternel, Jésus-
« Christ, avant et après sa Résur-
« rection. A cause de toutes ces
« choses, vous êtes extrêmement
« obligés de louer et de bénir Dieu
« qui vous a départi tant et de tels
» bienfaits de plus qu'aux
« autres créatures. »

Poissons de la mer et du fleuve, écoutez ! (page 76.)

« A ces paroles, et autres enseignements que saint
« Antoine ajouta, les poissons commencèrent à ouvrir la
« gueule, à incliner la tête, et avec ces signes et d'autres
« marques de respect, selon leur manière et leur pouvoir,
« ils louaient Dieu. Alors saint Antoine, voyant tout le
« respect des poissons pour Dieu, leur Créateur, se réjouit
« en esprit et dit à haute voix :

« Béni soit le Dieu éternel, puisque les poissons de
« l'eau l'honorent mieux que ne le font les hommes héré-
« tiques, et que les animaux sans raison écoutent mieux
« sa parole que les hommes infidèles. »

« Or, plus le Saint prêchait, plus la multitude des pois-
« sons augmentait, aucun ne quittant la place qu'il s'était
« choisie. A ce miracle, le peuple de la cité commença
« d'accourir, et dans le nombre, les hérétiques, dont il a
« été parlé plus haut, lesquels voyant un miracle si
« merveilleux et si manifeste, se sentirent émus dans leur
« cœur, et tous se jetèrent aux pieds d'Antoine pour
« entendre sa parole. Alors le Saint se mit à prêcher
« d'une façon si élevée que presque tous se convertirent
« et revinrent à la vraie foi du Christ.

« Cela fait, saint Antoine congédia les poissons en les
« bénissant, et tous partirent en donnant des marques
« extraordinaires de joie. Ensuite, le Saint demeura
« plusieurs jours à Rimini, prêchant et recueillant beau-
« coup de fruits dans les âmes. »

Lorsque le miracle ne convertit pas, il endurcit les
cœurs. Quelques hérétiques, irrités de leur défaite, réso-
lurent de se débarrasser de l'homme de Dieu. L'ayant, un
jour, invité à dîner, ils lui présentèrent un plat assaisonné
d'un poison assez subtil pour procurer une mort fou-
droyante. Le Saint-Esprit lui ayant révélé cette trame
infernale, le Saint leur reprocha leur malice et leur
adressa de pacifiques exhortations ; mais ces fils du men-

songe répliquèrent qu'ils n'avaient voulu qu'expérimenter la parole de l'Evangile : « S'ils boivent un poison mortel, il ne leur fera aucun mal (1). » Antoine, après avoir fait le signe de la Croix sur le plat empoisonné, leur répondit : « Je vais faire ce que vous voulez, non pour tenter DIEU, « mais pour vous prouver combien j'ai à cœur votre salut « et le triomphe de notre Evangile. » Cela dit, il mangea tranquillement une partie du plat, et n'éprouva aucune indisposition. Ce que voyant, les hérétiques présents se convertirent à la foi.

La mer s'étant retirée pour toujours à plusieurs milles, Rimini éleva, à l'embouchure de la Marecchia, une petite chapelle, en souvenir de ce miracle immortalisé plus tard par le pinceau du Guerchin. Un auteur du XVe siècle affirme que, pendant longtemps, aucun pêcheur de la côte ne jeta ses filets à la mer, le jour de saint Antoine, sachant bien que, le 13 juin, il ne prendrait aucune espèce de poisson (2).

IV

Le Bienheureux, se rendant en Illyrie, évangélisa Udine, Aquilée, Goritz, Conegliano et Gémona où il fit bâtir un couvent. Tandis que, mêlé aux ouvriers, il en dirigeait les travaux, un charretier vint à passer, conduisant un char à bœufs presque vide. Le Saint lui demanda la charité de transporter une certaine quantité de briques

(1) Marc, XVI, 18.
(2) *Liber Miraculorum*, cap. I.

d'un lieu tout voisin. L'homme s'en excusa, disant qu'il portait un mort, et le Thaumaturge n'insista pas. Au tournant du chemin, le charretier voulut réveiller son fils unique, endormi sur le char, pour rire de son mensonge, mais il s'aperçut vite, à la rigidité glaciale du corps, qu'il portait un cadavre, comme il l'avait affirmé. Poussant des cris de désespoir, il revint sur ses pas pour se prosterner aux pieds du Saint, le conjurant de lui pardonner et de rendre la vie à son enfant. Touché de cette douleur, accompagnée de tant de repentir et de foi, Antoine s'approcha du défunt, et le prenant par la main, le rendit plein de vie au père qui fut transporté de joie.

C'était l'heure où l'apostolat du Thaumaturge jetait son plus vif éclat. La péninsule italienne traversait une des plus terribles phases de son histoire tourmentée.

« Lorsque, dit César Cantu, les haines étaient devenues
« tout à fait envenimées, que tous les moyens étaient
« épuisés, la Religion intervenait. Remède universel dans
« toutes les calamités du temps, au milieu des guerres
« privées, à travers les combattants, elle envoyait sa
« milice désarmée enjoindre, au nom du Seigneur, de
« mettre un terme aux discordes fraternelles et proclamer
« la *Trève de Dieu.* » Dans cette croisade d'amour, les Frères Prêcheurs et les Frères Mineurs se distinguèrent entre tous.

« Antoine, comme son séraphique Père, parcourut
« l'Italie en pacificateur. Après avoir édifié la France et
« la Sicile, dit Montalembert, il passe ses dernières
« années à prêcher la paix aux villes lombardes, obtient
« des Padouans la cession des biens pour les débiteurs
« malheureux, ose seul reprocher sa tyrannie au féroce
« Ezzelino. Les Moines sont toujours le bras avec lequel
« l'Eglise remue l'humanité, parce qu'ils sont la forme la
« plus parfaite de l'esprit de l'Evangile. »

Les Moines succèdent aux Moines pour répondre, à toute époque et en tous pays, aux besoins du peuple, pour l'aider à vivre en le pacifiant, en l'encourageant dans ses labeurs.

Au milieu des persécutions qu'on leur suscite aujourd'hui, on les retrouve debout, aussi jeunes, aussi ardents qu'aux jours lointains de leurs fondations.

Envoyé à Florence pour prêcher l'Avent et le Carême (1228-1229), Antoine emploie toutes les ressources de sa tendresse et de son génie pour éteindre les feux de la guerre civile.

Mais l'Apôtre savait au besoin revêtir la sévérité et la vigueur des anciens prophètes. Invité à parler un jour aux funérailles d'un homme important dans la cité, il développe cette maxime de l'Evangile : « Là où est votre

Le charretier de Gémona (page 79).

trésor, là est aussi votre cœur. » Tout à coup il s'arrête ;
il a entrevu l'âme du défunt dans les flammes de l'enfer,
juste châtiment de ses exactions et de ses rapines usuraires.
« Ce riche est mort, dit-il d'une voix lente et grave, et il
« est enseveli dans les enfers. Allez ! ouvrez son coffre-
« fort, et vous y trouverez son cœur ! » La famille et les
amis éperdus, revenus à la maison mortuaire, courent
ouvrir la caisse, et, selon la prédiction du Saint, trouvent
le cœur, encore chaud, gisant sur un monceau de pièces
d'or.

A Verceil, il put échanger un dernier adieu avec son
ami, Thomas Gallo, destiné à lui survivre.

Il allait, maintenant, multipliant partout les miracles.
A Varèze, il fonda un couvent de son Ordre, et, faisant
creuser au milieu du cloître le puits symbolique, il dota
ses eaux de la vertu de guérir les fièvres pernicieuses. Les
habitants de Verceil s'en étant plaints dans un sentiment
de jalousie, il revint sur ses pas avec mansuétude, pour
bénir une de leurs citernes et lui donner le même pouvoir.

A PADOUE

I

Le Saint arrivait enfin à Padoue, la ville privilégiée qui
devait lui donner son nom et avoir la garde de son tombeau. Il trouvait là un sensualisme raffiné, des rivalités de
familles, des proscriptions violentes. Mais nulle part le
Thaumaturge ne devait être plus suivi et mieux écouté.
Les Padouans le guettaient, au passage, pour implorer et
recevoir les grâces les plus insignes.

Une mère lui présente un enfant paralytique. Ici, un
pauvre père obtient la guérison d'une petite fille de quatre
ans, et déjà épileptique. Une noble dame, se rendant au
sermon du Saint, est renversée par le remous de la foule
dans un fossé boueux. Elle n'ose rentrer chez elle, con-
naissant la violence de son mari. Elle implore de loin la
charité du Saint et voit les taches d'eau et de boue disparaître de ses riches vêtements. Le Thaumaturge appa-
rait de nuit à certains pécheurs, les appelant de leur nom

propre et leur ordonnant d'aller confesser telle ou telle faute qu'ils ont cachée jusque-là.

Un homme, du nom de Léonard, s'accuse au Saint d'avoir brutalement frappé sa mère, après l'avoir renversée d'un coup de pied. « Le pied qui a ainsi frappé sa mère, mériterait d'être coupé, » répond Antoine très affligé. Le simple Léonard, prenant ces paroles à la lettre et pénétré d'un profond repentir, rentre chez lui, prend une hache et tranche son pied d'un seul coup. Qui ne connaît l'indulgence et la générosité de pardon d'une mère ? Celle de Léonard, oubliant ses justes griefs, court, éplorée, auprès du Saint, pour l'invectiver durement et le rendre responsable de son malheur. Antoine la suit, sans mot dire, près du blessé ; rapprochant le pied de la jambe, il trace un signe de croix et rend la soudure invisible, tandis que le mutilé et sa mère le comblent d'excuses et de bénédictions.

Rien ne saurait donner une idée des effets de la prédication de saint Antoine à Padoue. Jean de Peckam, l'un de ses plus anciens chroniqueurs, nous dit : « De tous les « quartiers de la ville et même des villages voisins, on « accourait aux sermons du Frère Mineur. Les prétoires « étaient fermés, le commerce suspendu, les travaux « arrêtés. Tout le mouvement se concentrait sur un seul « point, les conférences et les instructions du saint Thau- « maturge. Dès minuit, on se met en marche. Chevaliers « et grandes dames, précédés de torches allumées, se « pressent autour de la chaire improvisée en plein air. « L'Evêque préside à la tête de son clergé à tous les « exercices. On compte jusqu'à trente mille personnes « dans l'auditoire. Antoine paraît, le regard modeste, le « cœur débordant d'amour. Tous les yeux sont fixés sur « lui. Tant qu'il parle, les auditeurs sont suspendus à ses « lèvres, au milieu d'un recueillement et d'un silence que

« l'on croirait impossible au milieu d'une telle affluence.
« Le sermon fini, l'enthousiasme éclate ; c'est une ivresse
« qui ne peut plus se contenir. Ce sont des sanglots, des
« cris de joie, selon les sentiments qui animent les cœurs.
« La foule se précipite vers l'orateur ; on veut le contem-
« pler de plus près, baiser le bord de sa robe ou son cru-
« cifix ; on va jusqu'à taillader ses vêtements pour en
« emporter un morceau à titre de relique ou de souvenir.
« Il faut autour de lui une garde de jeunes gens robustes,
« pour l'empêcher d'être écrasé par la multitude. Effet
« plus admirable ! les haines s'apaisent, les familles
« ennemies se réconcilient publiquement, les usuriers et
« les voleurs restituent, les grands pécheurs se frappent
« la poitrine, les courtisanes elles-mêmes sortent de la
« fange du vice, les confessionnaux sont assiégés, les
« bonnes mœurs refleurissent, et, dans l'espace d'un mois,
« la vieille cité de Padoue est totalement transformée. »

Antoine avait fondé aux portes de la ville un monastère
de Clarisses. Après les fêtes pascales, il ne put refuser
sa parole aux religieuses cloîtrées. Parmi les novices qui
affluaient chez les Pauvres-Dames, brillait au premier
rang la bienheureuse Hélène Enselmini, la fille spirituelle,
la sainte amie d'Antoine, comme Claire d'Assise l'avait
été pour François. C'est par une pieuse et délicate pensée
que la statue de la bienheureuse Hélène Enselmini, dont
la fête se célèbre le 5 novembre, a été placée dans l'église
des Grottes de Brive.

Cédant à d'instantes prières, le Saint commençait à
rédiger ses *Sermons du Temps*, lorsque les évènements
politiques vinrent encore l'arracher à ses douces occupa-
tions. L'hérésie relevait la tête ; Antoine, pour mieux la
réfuter, avait repris ses leçons publiques, exposant avec
clarté les doctrines de l'Eglise catholique.

II

A ce moment même, la Lombardie et les Romagnes tremblaient au seul nom du féroce Ezzelino, gendre et lieutenant de Frédéric II. « Par son ordre, on exterminait « les chevaliers et les notables, par grandes troupes sur « les places publiques ; puis on mettait leurs corps en « pièces pour les brûler. Il faisait aveugler les enfants « des nobles familles, puis les laissait mourir de faim « dans ses prisons, ainsi que quantité de filles et femmes « de la noblesse. On entendait jour et nuit des cris « lamentables. Vérone, prise d'assaut, fut livrée à une « soldatesque furieuse et les massacres de la malheureuse « cité ont été comparés dans l'histoire, à ceux de Thes- « salonique (1). »

Padoue redoutait le même sort. Antoine résolut de la préserver, avec l'aide de Dieu. Il se rendit à Vérone, et se présenta seul aux portes du palais du terrible Ezzelino qui venait d'enlever, entr'autres ôtages, un adolescent, fils du seigneur Tizzo de Fonte, ami dévoué des Frères Mineurs.

Introduit en présence du Néron du moyen âge, ainsi que le nomme l'histoire, l'intrépide Apôtre, fixant sur lui un regard sévère, s'écria : « Jusques à quand, tyran « cruel ! bête enragée ! jusques à quand continueras-tu « de répandre le sang innocent ? Sache-le ! Le glaive du « Seigneur est suspendu sur ta tête et son jugement sera

(1) Fleury, *Histoire ecclésiastique.*

« terrible ! » Les gardes présents attendaient un signe pour mettre l'audacieux en pièces ; mais on vit Ezzelino tremblant suspendre son baudrier à son cou et se prosterner aux pieds du moine, faisant l'humble aveu de ses crimes et promettant de les réparer.

Antoine se retira ; il avait obtenu la délivrance des derniers ôtages. Comme le tyran lisait dans les yeux de ses sbires un dépit méprisant, il leur dit : « Chers compagnons, j'ai vu, je vous l'assure, une lumière si divine sortir du visage de ce Père, tandis qu'il me parlait, que, dans mon épouvante, j'ai cru être déjà précipité au fond de l'enfer ! »

Le repentir du misérable dura peu ; il envoya ses officiers et ses gardes porter en grande pompe au Thaumaturge un très beau présent. Ordre était donné de le mettre à mort sur l'heure s'il l'acceptait. « Mais, leur dit-il, s'il

Le Saint reproche ses crimes à Ezzelino (page 86).

« refuse avec emportement, subissez patiemment sa
« rudesse et rentrez ici, sans lui faire le moindre mal. »

Les envoyés se présentent avec une hypocrite humilité,
et disent au Saint : « Votre fils, Ezzelino de Romano, se
« recommande à vos prières, et vous supplie d'accepter
« ce petit présent, faible gage de son dévouement. »
Antoine, se redressant avec indignation, répondit : « Allez
« dire à votre maître que je ne partagerai jamais avec
« lui les dépouilles du pauvre peuple ! Tous vos trésors
« périront, et vous avec eux ! Retirez-vous de devant mes
« yeux, et ne souillez pas, plus longtemps, ce lieu de votre
« présence ! »

A ces mots, les envoyés d'Ezzelino se retirent tout
confus pour aller rendre compte de leur mission. « Antoine
« est l'homme de Dieu, répondit le tyran, laissez-le
« tranquille maintenant, et qu'il dise de moi tout ce qu'il
« voudra ! »

III

Dans le Chapitre général tenu à Assise après la translation du corps de saint François à la colline du Paradis,
le Bienheureux avait demandé à être déchargé de toute
prélature, pour se consacrer uniquement à la prédication
et au salut des âmes. On lui permit de fixer lui-même sa
résidence. Il choisit Padoue ; mais avant de se rendre
dans cette ville, il fut délégué, avec le Frère Léon, pour
solliciter du Pape une déclaration authentique sur le testament de saint François, et réparer, au nom de l'Ordre,
l'outrage fait à la majesté du Siège apostolique par les
agissements du Frère Elie.

Grégoire IX revit avec bonheur l'intrépide apôtre ; il eut voulu l'attacher à la cour Pontificale et peut-être songeait-il à le revêtir de la pourpre cardinalice. Pour l'éviter, Antoine n'eut qu'à invoquer une entrevue de 1217 et la réponse de saint Dominique et de saint François sur de pareils honneurs. « Seigneur, avait dit le Réformateur « Ombrien, mes enfants s'appellent Frères Mineurs, « parce qu'ils occupent le dernier rang dans l'Eglise. « C'est là leur poste d'honneur ! Gardez-vous bien de les « en arracher, sous prétexte de les faire monter plus « haut. »

IV

Le Bienheureux voulut se recueillir une dernière fois auprès de cette montagne de l'Alverne, devenue le Thabor, l'Horeb et le Carmel des enfants du Séraphin d'Assise. Il baisa les traces des pieds stygmatisés de son Patriarche ; il eut peut-être désiré y demeurer pour rendre là son dernier soupir.

Toutefois, avant de rentrer à Padoue, il reprit ses courses apostoliques jusqu'à Brescia. Il fonda dans le Val de Brégna un couvent dédié au Prince des Apôtres ; il y demeura quelques semaines, effrayant et édifiant tout à la fois les Religieux par l'austérité de sa vie. Son oraison y fut continuelle. On montre encore la pierre dure sur laquelle il prenait son court repos.

De là, il se rendit au Lac de Garde, où son Ordre avait aussi un couvent, pour évangéliser les Vaudois. Il ramena un très grand nombre de ces hérétiques à la vérité.

Mantoue fut la dernière étape apostolique du Bienheu-

reux. Il revint à Padoue, pour y prêcher encore
une fois la sainte Quarantaine. « Il la parcourut, nous
« disent les Bollandistes, en semant des germes de salut
« et de vie, pour recueillir une vaste moisson d'âmes qu'il
« offrit au Seigneur. »

En 1228, à la prière de l'évêque de Padoue, le Bienheureux avait rédigé : *les Sermons du Temps.* Cette fois le
moine obéissant y rencontrait son vieil ami, l'évêque
d'Ostie, Raynal Conti, qui devait un jour ceindre la
tiare, sous le nom d'Alexandre IV. Ce fut par son ordre
et à sa prière, qu'Antoine employa une partie de l'hiver
à classer ses notes et ses sermons sur *les Fêtes des
Saints.*

On peut dire que sa vertu dominante fut le zèle pour le
salut des âmes. Au milieu de son incessant apostolat, ses
Frères ne purent entrevoir et admirer qu'au passage
toutes ses autres vertus et les sources où il puisait le feu
divin qui brûlait dans son cœur. Ce n'est point dans
l'étude de la philosophie qu'il put s'embraser d'une telle
ardeur séraphique et pénétrer les moindres replis du cœur
humain afin de mieux guérir ses blessures ; ce fut dans la
contemplation de la Croix, dans l'enivrement quotidien de
la coupe Eucharistique que la science divine et mystique
lui fut révélée.

Il avait appuyé souvent sa tête sur le cœur adorable de
l'Enfant-Dieu et compté ses divins battements. Il pouvait s'écrier : « Notre autel d'or, c'est le cœur de Jésus !
« Là est l'encens qui monte vers le Ciel ! Là sont les par-
« fums suaves qui embaument la terre ! La méditation des
« souffrances du Christ est sainte et méritoire, sans
« doute, mais si nous voulons trouver l'or pur, il nous
« faut aller à l'Autel intérieur, au Cœur même de Jésus
« pour étudier les richesses de son amour. Nous devons
« conclure aussi que les pratiques extérieures les plus

« louables n'ont de valeur que par l'esprit qui les inspire
« et par la piété qui les anime (1). » ·

Antoine mérite bien comme saint François d'Assise
d'être appelé : *le Favori du Sacré-Cœur.*

Par une révélation mystérieuse devançant de plusieurs
siècles celles de Paray-le-Monial, saint Antoine, dans la
solitude du Monte-Paolo, avait contemplé un Cœur portant l'empreinte du Christ et entouré de la corde franciscaine. Lointain présage de la dévotion au Sacré-Cœur de
Jésus ! image sensible de la tendresse du cœur d'Antoine
pour Jésus crucifié ! rapprochement prophétique se réalisant aujourd'hui par la double construction presque
simultanée de la Basilique du Vœu National de la
France au Sacré-Cœur de Jésus et du Sanctuaire des
Grottes de Brive, devenu, lui aussi, centre Français
National de la *Pieuse Union* pour les dévots de saint
Antoine.

(1) S. J. DE LA HAYE. S. de *Cœna Domini.*

DERNIERS JOURS !

I

Du Carême de 1231 à la Pentecôte, le Bienheureux
Antoine, jaloux de donner à DIEU les derniers instants
d'une vie dont il connaissait le terme prochain, parcourut
les environs de Padoue, prêchant dans les bourgs et les
villages. Puis, épris du saint désir de se rendre à lui-
même et de se recueillir profondément devant DIEU, il
écrivit à son Provincial pour en demander l'autorisation.
Laissant la lettre sur sa table, il se mit à la recherche de
son Gardien pour le prier humblement d'envoyer sa missive
par un courrier. Ayant été exaucé, Antoine revint chercher sa lettre ; elle avait disparu. Ce mot païen de *hasard*
qui joue un si grand rôle dans le monde, n'existe pas pour
les saints. Le Bienheureux ne vit dans cette circonstance
qu'une manifestation de la volonté divine et renonça
aussitôt à son dessein. Mais un messager céleste avait dû
se charger de la lettre, car au temps convenable arriva la
réponse affirmative du Provincial lui souhaitant, dans sa
retraite, « toutes les consolations spirituelles. »

Peu de jours auparavant, par un acte de charité
suprême, le Saint voulut tenter, une seconde fois, de flé-
chir Ezzelino qui, plus audacieusement que jamais, dévas-
tait le territoire de Padoue. Le tyran, malgré des formes
respectueuses et remplies de vénération pour la personne
d'Antoine, demeura froidement inexorable. La mission
terrestre du Thaumaturge était terminée ; il n'avait plus
qu'à demander au Seigneur de couvrir de sa protection
divine la cité bénie qui allait posséder son tombeau.

Accompagné de ses deux amis les plus chers, Frère
Roger, et surtout Frère Luc Belludi, l'éloquent et vrai
satellite du Bienheureux, Antoine vint demander un asile
dans les bois profonds de son domaine, à Don Tizzo de
Fonte de San Pietro, dont il avait naguère arraché le fils
aux mains féroces d'Ezzelino. Celui-ci accéda avec empressement à sa demande. Dans un recoin isolé s'élevait un
noyer gigantesque, étendant au loin six branches énormes.
A l'aide de menues branches entrelacées, trois cellules
aériennes furent disposées ; c'est là que les trois religieux
se fixèrent avec allégresse, accueillis sans doute par le
concert des rossignols et des fauvettes si aimés de saint
François.

« En cette cellule verdoyante, nous dit un vieil auteur,
« l'homme de Dieu menant la vie érémitique, vaquait
« comme une abeille industrieuse à la lecture des Livres
« Saints et à la contemplation. Elle fut sa dernière demeure
« terrestre. Il se prit à y vivre pour lui-même. Afin de
« purifier son âme de la moindre poussière d'ici-bas,
« croyait-il découvrir un grain de sable ramassé dans le
« commerce des séculiers et la conversation des hommes,
« chose inévitable, même pour les plus saints, il versait par
« torrents les larmes de la componction, les essuyant par
« les saintes œuvres de sa contemplation. On sentait que
« l'heure était proche où, de la porte du Ciel, il allait

« entrer dans la compagnie des élus. Le 30 mai, quinze
« jours avant sa bienheureuse fin, Antoine, assis sur l'une
« des collines qui dominent Padoue, contemplait la ville
« avec sa forêt de blanches coupoles, ses palais de
« marbre, ses jardins embaumés, sa vaste plaine débor-
« dant de moissons opulentes et de vignes en fleurs. Tout
« à coup il se sentit transporté des splendeurs du monde
« visible à celles du monde invisible, et entra dans une
« extase où lui furent révélées l'heure prochaine de sa
« mort et les glorieuses destinées de la cité qui possède-
« rait ses ossements. Tressaillant au-dedans de lui-même,
« il se souleva dans un suprême effort, ainsi qu'avait fait
« naguère saint François pour Assise, et comme lui, il
« bénit sa ville en disant : «O Padoue, sois bénie! Ton
« site est bien beau! Tes campagnes sont bien riches!
« Mais le Ciel te prépare en ce moment une gloire plus
« belle et plus riche encore! » Il ne dit pas, ajoute le
« narrateur, quelle était cette gloire, et bien moins encore
« de qui elle lui viendrait! »

II

Toujours fidèle à la Règle, Antoine venait exactement
chez les Frères Mineurs de Campo-San-Pietro pour les
exercices de la Communauté. Il y arrivait, comme de coutume, le 13 juin, pour prendre sa réfection avec ses
Frères; mais à peine à table, il s'affaissa, luttant vainement contre sa défaillance. On l'étendit sur un lit de
paille. — « Si vous le trouvez bon, dit-il au Frère Roger,
pour épargner des embarras au couvent où je me trouve,

je me ferai transporter à Padoue, chez nos Frères de Sainte-Marie. » Malgré la résistance mêlée de larmes des Religieux de Campo-San-Pietro, il se fit étendre sur un char et reprit la route de Padoue. Il n'avait plus qu'un souffle de vie, lorsqu'un Frère venant à sa rencontre lui persuada, pour éviter l'empressement bruyant de la foule, de s'arrêter chez les Religieux, directeurs spirituels du monastère des Pauvres-Dames. Le Saint acquiesça doucement à cet avis. Après quelques instants de repos, il voulut faire la confession de ses fautes, et, ravivé par l'absolution, il chanta d'une voix claire et mélodieuse son cantique chéri et préféré : l'*O gloriosa Domina !* C'était le chant du cygne. Levant les yeux vers le Ciel, on le vit les y tenir ardemment fixés. « Que voyez-vous, mon « Frère ? » lui demanda-t-on. Il répondit : « *Je vois mon* « Dieu ! »

Les Religieux comprenant que la dernière heure approchait, songèrent à lui conférer le sacrement qui fortifie dans les suprêmes combats, l'extrême-onction. « Mon « Frère, dit le mourant, je sens cette onction au dedans « de moi-même. Elle ne m'est pas nécessaire, mais il est « bon pourtant de la recevoir, parce qu'elle sera utile à « mon âme. » Pendant qu'on répandait l'huile sainte sur ses mains, il récitait les psaumes de la pénitence. Une demi-heure après, il expirait entre les bras de ses Frères désolés. Ses mains noircies et desséchées par la fièvre prirent la blancheur rosée de l'enfance, tous ses membres demeurèrent souples et flexibles. C'était un vendredi à la tombée de la nuit. Le Bienheureux avait trente-six ans.

A la même heure, il apparut à Verceil, à Thomas Gallo, lui disant d'une voix caressante : « Seigneur Abbé, j'ai « laissé mon *âne* à Padoue, et je pars, en hâte, pour la « Patrie. » L'abbé souffrait d'un cruel mal de gorge, le Saint l'ayant touché le guérit et disparut. Thomas Gallo

demandait si on n'avait point vu le frère Antoine. Sur la
réponse négative de tous, il soupçonna la vérité et nota
le jour et l'heure de sa visite. Peu de temps après, un
message, annonçant la mort du Saint, lui révéla qu'avant
de monter au Ciel l'âme de son ami avait fait halte à
Verceil pour le consoler et le guérir.

Les Frères Mineurs auraient voulu dissimuler quelques
jours ce bienheureux trépas, afin de prier plus longtemps
autour de cette précieuse dépouille. Mais, sous l'inspiration du Saint-Esprit, des troupes de petits enfants par-
couraient déjà les rues de Padoue en criant : « Il est
« mort, le Père Saint ! Saint Antoine est mort ! » « Aus-
« sitôt, disent les chroniqueurs, la foule ouvrière, cessant
« tout travail, courut en masse vers le couvent des
« Pauvres-Dames, et s'y rua, comme un essaim d'abeilles
« vers la ruche. »

Une discussion s'éleva aussitôt pour la possession du
corps du grand Thaumaturge. Les Pauvres-Dames ne
voulaient point s'en dessaisir ; les Frères de Sainte-Marie
revendiquaient le vœu exprimé par le mourant, de revenir
chez eux ; les habitants du faubourg de la Tête-du-Pont
menaçaient de s'opposer, à main armée, à toute translation. Trois fois, ils assaillirent le monastère des Clarisses ;
mais, repoussés par une force invincible, ils ne purent
jamais franchir les portes ouvertes, et bien que le couvent
fût tout illuminé par de nombreux cierges, ils tournèrent
autour, dit la légende, sans en jamais pouvoir trouver
l'entrée.

L'Evêque, le Podestat, le Provincial des Frères Mineurs
s'étant enfin accordés pour restituer le corps aux Frères
de Sainte-Marie, il fallut prendre de sévères mesures pour
les préserver de la colère des habitants de la Tête-du-
Pont. Le Podestat fit jeter un pont de bateaux reliés par
des madriers, sur la rivière baignant le monastère ; mais

les émeutiers le renversèrent hardiment et vinrent, en masse, protester devant le palais du municipe. Le Podestat leur défendit aussitôt, sous les peines les plus sévères, de retourner dans leurs quartiers avant la translation du saint corps. Pendant ce temps, une pauvre Clarisse, ayant assumé sur elle d'atroces douleurs, en demandant, sans conseil, de souffrir ici-bas sa peine de purgatoire, fut guérie par le contact d'un morceau de la tunique du Bienheureux.

III

Le mardi, jour désormais consacré à la gloire du Thaumaturge et le cinquième après son décès, l'Evêque, pré-

Mort et funérailles de Saint Antoine (page 95).

cédé de tout le clergé de la ville, suivi de tous les magistrats et des milices en armes, se rendit au monastère de l'Arcella pour procéder à la cérémonie des funérailles.

Une délicieuse allégresse avait succédé dans tous les cœurs aux dissensions violentes de la veille. La sainte dépouille, portée sur les épaules des magistrats et des notables de la ville, s'avançait lentement, au milieu d'une pompe triomphale. Cette immense chaîne dont chaque anneau se déroulant était une ville, une bourgade, un faubourg, faisait retentir l'air de psaumes et d'hymnes sacrés. Chacun portait à la main un cierge allumé et, à la nuit tombante, la ville, vue des hauteurs, paraissait embrasée par un vaste incendie; « la nuit y demeura « inconnue, » ajoute le vieux chroniqueur.

« Ce jour-là même, on vit amener une quantité de « malades, qui furent rendus à la santé. A peine les « infirmes avaient-ils touché la châsse qu'ils s'en retour- « naient guéris. Ceux-là même qui, à cause de la multi- « tude, devaient rester à la porte de l'église, se trouvaient « guéris sur place, à la vue de tous. »

« Un apostat, traversant Padoue au milieu de cette « pompe, se prit à ricaner, disant : « Moi j'ai la foi dure. « Vous voyez bien cette coupe de verre ? Eh bien ! si votre « frère Antoine l'empêche de se casser, je croirai. » Ce « disant, il la lance de toute sa force sur le pavé, et la « coupe intacte, rebondissant, revint dans sa main. « Tremblant, il abjura l'hérésie. » La Liturgie franciscaine a gardé mémoire de ce miracle.

Les premiers visiteurs qui arrivèrent au tombeau, pieds nus et en larmes, furent les émeutiers de la Tête-du-Pont.

L'Evêque et son chapitre, le clergé des paroisses, les ordres religieux, les corporations, la ville entière s'y succédaient sans relâche, tandis que l'on voyait chaque jour affluer les pèlerins de tous les points de l'Italie.

« Si un historien voulait relater tous les miracles opérés
« au tombeau de saint Antoine, ou par son intercession,
« il serait à craindre que leur nombre ne causât de la
« lassitude au lecteur. Leur grandeur engendrerait des
« scrupules et des doutes dans les esprits faibles et
« timorés (1). »

(1) Manuscrit de la Marche d'Ancône.

LA CANONISATION

I

Moins d'une année après, le 30 mai 1232, à Spolète, le pape Grégoire IX présidait l'Office de la Pentecôte. — Au milieu d'une foule immense et recueillie, du haut de l'ambon de la cathédrale, en face des délégués de Padoue, un clerc lisait la liste de cinquante miracles du bienheureux Antoine juridiquement constatés.

Le vieux Pontife, l'ami des deux saints Patriarches, le protecteur d'Antoine pendant sa vie mortelle, debout sur son trône, et après avoir invoqué le Saint-Esprit, les saints apôtres Pierre et Paul, déclarait, en vertu de leur autorité et de la sienne, que le très saint prêtre et confesseur non pontife Antoine des Frères Mineurs, était inscrit au catalogue des saints, et devait être honoré comme tel. Il fixait sa fête au 13 juin, jour de sa mort, dont on allait célébrer dans quinze jours, le premier anniversaire.

Cette bulle de canonisation résonna partout, comme un clairon de victoire ; le Portugal, la France, l'Italie, allaient y répondre par les explosions de la joie et de la reconnaissance.

II

A Lisbonne, le 30 mai, à l'heure précise, où à Spolète, avait lieu la canonisation du bienheureux Antoine, il se produisit des faits extraordinaires sans aucune cause apparente. Toutes les cloches de la ville s'ébranlèrent d'elles-mêmes, dans leurs plus joyeux carillons.

La population toute entière, sous une impulsion mystérieuse, se répandit dans les rues et sur les places publiques, chantant, dansant, donnant tous les signes exubérants de l'allégresse méridionale. On se perdit en conjectures jusqu'au jour où deux Frères Mineurs apportèrent sur les rives du Tage, la nouvelle de la canonisation de l'illustre portugais.

Les fêtes splendides, qui la célébrèrent, revêtirent dans cette ville un cachet spécial par la présence de la vénérable mère du Saint et de toute sa famille. Dona Térésa et ses filles occupaient une place d'honneur. Les larmes de la mère avaient tari, devant la joie de la chrétienne. Elle survécut longtemps à son glorieux fils, et sur la pierre de son tombeau, on grava cette éloquente et courte épitaphe. « *Ici gît la mère de saint Antoine.* » En 1453, par ordre de Don Juan, évêque de Lisel, le corps de Dona Térésa de Tavéra fut transféré dans la chapelle du monastère de saint Vincent où il a été retrouvé dernièrement par les soins d'un éminent archéologue portugais.

6.

FÊTES DE LA CANONISATION

A Brive !

I

La ville de Brive et ses environs étaient encore sous le
charme puissant des merveilles surnaturelles opérées par
le serviteur de Dieu. Aussi voyait-on bien souvent, en
souvenir de ses bienfaits, des personnes agenouillées
devant les Grottes, séjour aimé d'Antoine. On baisait la
terre que ses pieds avaient foulée ; d'autres venaient implorer de sa bonté de nouvelles faveurs. Lorsque le bruit
de la mort du saint religieux se répandit à Brive et dans
le Limousin, on s'écriait comme à Padoue : « Antoine est
mort ! » *Le Saint est mort !* et plus que jamais, on revenait en foule aux Grottes où il avait prié et pleuré, et où
Notre-Dame de Bon-Secours l'avait si opportunément
secouru.

Le judicieux curé de Saint-Sernin pense et probablement
avec raison, que les fêtes de la canonisation, connues seulement deux mois environ après le 30 mai, ne purent être
célébrées à Brive et aux Grottes du bienheureux Antoine,
avant le mois d'août. Il attribue à ces fêtes et à leur anni-

versaire le principe du concours si nombreux des pèlerins du 15 août au 15 septembre : On vient aux grottes, *entre les deux Dames,* dit encore le bon peuple du Limousin.

II

Les Frères Mineurs n'ayant pu célébrer en 1232, la fête du Saint fixée par Grégoire IX au 13 juin, choisirent le premier dimanche libre après l'Assomption, et firent annoncer ces grandes solennités dans tous le pays.

Le peuple fut d'autant plus fidèle à ce rendez-vous et à celui du 13 juin 1233, qu'il avait *vu et entendu* le Saint. Un grand nombre avait obtenu des faveurs signalées. On accourut à Brive du haut et du bas Limousin, de la Marche, du Périgord et du Quercy. On revint encore pour l'anniversaire des fêtes de la canonisation, et c'est ainsi que d'année en année depuis près de sept siècles, on a constaté la présence de milliers de pèlerins devant les Grottes de saint Antoine. Ils arrivaient, conduits par la foi, plus occupés de satisfaire leur dévotion au grand Thaumaturge que de chercher leurs aises, ils campaient à la belle étoile, apportant, comme beaucoup le font encore aujourd'hui, la nourriture nécessaire durant leur voyage. Puis l'esprit mercantile se glissant peu à peu, on en vint, aux échanges, aux transactions. C'est probablement l'origine des foires franches de Brive, ayant comme la plus part des foires importantes de France, pris naissance autour du tombeau d'un Saint, ou à l'occasion de solennités religieuses et locales (1).

(1) *Vie du Saint,* par M. l'abbé BONNÉLYE.

FÊTES DE LA CANONISATION

Padoue et l'Italie.

I

Padoue, avertie à la première heure, put célébrer les
fêtes de la canonisation, dès le 13 juin 1232. C'étaient des
enfants acclamant leur Père, des persécutés remerciant
leur Libérateur. Au milieu des rues, tapissées de riches
tentures, jonchées de verdure et émaillées de fleurs, on
s'arrêtait pour échanger avec des inconnus les manifesta-
tions d'une joie populaire et délirante.

Le Sénat, s'étant concerté, avait résolu d'élever sur le
tombeau du Saint un monument digne de lui et de la cité
reconnaissante.

Naples, à l'exemple de Padoue, le choisissait pour
Patron. Le Portugal avait élu saint Antoine Protecteur
spécial du royaume, Patron des écoles et de la jeunesse
chrétienne. Plus tard, au delà des mers, le Brésil devait
dépasser tous ces hommages officiels. Saint Antoine est

Généralissime de ses armées de terre et de mer. Il en a les insignes, le bâton de commandement, l'écharpe brodée, le traitement afférent à sa dignité. Dans les processions, lorsque passe sa statue, les soldats lui présentent les armes, les clairons sonnent une marche spéciale en son honneur ; le trésor public verse annuellement une somme importante pour l'entretien de son église.

Ces pratiques, interrompues par la Révolution brésilienne, étaient si chères à la nation reconnaissante des faveurs du Saint, que, depuis avant 1893, elles ont été reprises fidèlement.

II

La Liturgie franciscaine du xiiie siècle, semble résumer l'enthousiasme universel : « Maintenant, dit-elle, Antoine « triomphe, ô mon Dieu ! Il chante le cantique d'allégresse « dans votre Paradis où il est entré. O Lumière éternelle, « en l'inondant de vos rayons, vous le rendez semblable « à vous. Vous demeurez sa félicité et sa vie ! Cieux « azurés ! terre féconde ! océans immenses ! dites à « toutes les créatures qui s'agitent dans vos espaces, de « bénir le Seigneur qui, en multipliant les miracles d'An- « toine, augmente dans l'esprit des fidèles l'espérance de « la vie future. O mon cœur ! bénis le Seigneur qui a « donné Antoine à son Eglise ! emprunte à la trompette « de mâles accords ; appelle à ton secours la harpe, le « psaltérion et les cymbales ! mêle dans une même harmo- « nie tous les instruments, pour mieux traduire ta mystique « jubilation (1) ! »

(1) Antiennes de Laudes.

III

Le concours autour du tombeau du Saint allait croissant avec le bruit de ses miracles. « Il sortait de l'arche qui « contenait le saint corps, écrivent les Bollandistes, une « odeur très suave, semblable à celle du baume. Tous « ceux qui s'en approchaient ou embrassaient par dévotion « le saint tombeau ne manquaient jamais de la ressentir. « *Moi-même*, je l'ai éprouvé en 1660 (1). »

« A la mort de Frédéric II, Ezzelino, se regardant « désormais comme souverain indépendant, avait étouffé « dans le sang toute plainte contre sa domination. Il « laissait ses ennemis expirer et pourrir dans les affreux « cachots de Padoue, ou s'il les en retirait, c'était pour « les envoyer par bandes aux supplices (2). »

L'épreuve fut longue et cruelle pour Padoue. Enfin, en 1256, tandis que Luc Belludi, l'ancien compagnon du Saint, et Fr. Barthelémy Corradino, Gardien du couvent, priaient et veillaient avec larmes autour du saint tombeau, une voix dit clairement : « Frère Barthelémy, ne crains « rien et ne t'abandonne plus à la tristesse, car pendant « l'octave de ma fête, Padoue sera conquise par les « croisés, et jouira de nouveau de ses immunités et de sa « gloire. »

Le 19 juin 1256 en effet, la ville aimée d'Antoine avait recouvré sa liberté. Elle ne fut pas ingrate envers son puissant Libérateur ; le Sénat décréta de fournir quatre mille livres par an, jusqu'à l'achèvement de la basilique.

(1) *Analecta.*
(2) *Histoire universelle.* César CANTU.

De l'or, des cierges, des huiles embaumées furent offerts en quantité. Une belle statue du Saint fut érigée sur la place de la basilique. Le 13 juin, la milice en armes montait vingt-quatre heures la garde autour du saint tombeau. Le Podestat, suivi de toutes les autorités, venait en cortège de gala entendre une messe très solennelle d'actions de grâces.

La basilique, construite d'après les plans de Nicolas de Pise, fut tour à tour embellie et décorée par les plus grands artistes du temps.

IV

La première translation des restes du Saint eut lieu le 8 avril 1263. Saint Bonaventure, alors Ministre général des Frères Mineurs, ouvrit le tombeau scellé depuis trente-deux ans. Toutes les chairs étaient consumées, mais la langue apparut aussi fraîche, aussi vermeille, aussi belle que si le Saint venait de mourir à l'instant.

Saint Bonaventure la prit avec révérence entre ses mains, et après l'avoir arrosée de ses larmes, il lui adressa à haute voix, devant le peuple, la touchante invocation qui, depuis près de sept siècles, se retrouve sur toutes les lèvres dévouées au grand Thaumaturge : « O langue bénie ! qui avez si souvent loué le Seigneur ! « nous voyons bien maintenant quel trésor de mérites « vous avez amassés devant Dieu ! vous qui l'avez aussi « fait bénir par tant d'autres ! »

Ayant encore couvert la précieuse relique d'affectueux baisers, il ordonna de lui rendre des hommages parti-

culiers, après l'avoir enfermée dans un magnifique reliquaire de cristal. De nos jours, le miracle s'est perpétué. Le R. P. At, dans sa récente *Vie du Saint,* déclare l'avoir vue fraîche et intacte dans son splendide reliquaire.

Trente-six lampes d'or brûlent jour et nuit leurs huiles parfumées autour du saint tombeau. Tous les vendredis on vient en foule, en ce jour anniversaire de sa glorieuse mort, implorer par l'intercession du Saint la grâce de bien mourir.

La Confrérie, dite de Saint-Antoine, se recrute, depuis plus de six cents ans, dans toutes les classes de la société.

Basilique de Saint-Antoine à Padoue.
Reliquaire de la sainte langue.

PRIÈRES USUELLES A St ANTOINE

I

LES LITANIES

Les Litanies si anciennes et si populaires de saint Antoine sont si glorieuses à sa mémoire, qu'on les a comparées à un riche collier de perles et de pierres précieuses jeté sur ses épaules par la piété et la reconnaissance des siècles (1). La récitation de ces Litanies, dit un document très ancien, obtient de Dieu, par la puissante intercession de ce glorieux Saint : aux âmes pécheresses, la grâce de la conversion ; aux âmes justes, celle de la persévérance ; aux affligés, la consolation ; aux malades, la guérison ; dans les calamités publiques, l'assistance du Ciel ; dans les temps orageux, l'éloignement de la foudre et du tonnerre.

---

(1) Ces litanies en usage, de temps immémorial, au sanctuaire des Grottes de Brive, portent ce titre : *Litanies de saint Antoine de Padoue, dont les grottes et la fontaine, fameuses par les miracles et les guérisons qui s'y opèrent, sont près de Brive en Limousin*, etc.....

II

LES NEUF ET LES TREIZE MARDIS

On s'accorde à donner à la dévotion des Neuf et des Treize mardis, une origine miraculeuse. Rappelons d'abord que le mardi, jour de la sépulture triomphale du Saint, lui est spécialement consacré. En 1617, une noble dame de Bologne sollicitait depuis longtemps du bienheureux Antoine une grâce toute particulière. Elle le vit lui apparaître en songe et lui dire : « Visitez pieusement, pendant « neuf mardis consécutifs, mon image dans l'église de « Saint-François, et vous serez exaucée. » Elle obéit fidèlement et reçut, à la fin de sa neuvaine, la faveur tant désirée. Quelques fidèles n'ayant pas été exaucés après neuf mardis, portèrent à *treize* le nombre des semaines consacrées à honorer le Saint et sa bienheureuse mort, arrivée le 13 juin 1231. Après treize mardis de prières ou de visites à son autel, ces personnes obtenaient ce qu'elles souhaitaient. C'est ainsi que, grâce au zèle des Frères Mineurs surtout la pratique des Neuf et des Treize mardis, avant la fête du 13 juin, s'est répandue dans tout l'univers (1).

SS. Léon XIII accorde une indulgence plénière chacun des treize mardis à ceux qui, ayant reçu la sainte Communion, prieront aux intentions du Souverain Pontife devant le Saint-Sacrement exposé, ou assisteront au salut dans une église franciscaine.

---

(1) On trouve des prières spéciales pour chaque mardi dans l'intéressant *Manuel de la dévotion à saint Antoine de Padoue*, aux Grottes de Saint-Antoine, à Brive (Corrèze).

III

Bref ou lettre de saint Antoine de Padoue

Ecce Cru ✝ cem Domini | Voici la Croix ✝ du Seigneur

FUGITE, PARTES ADVERSÆ. | FUYEZ, EMNEMIS DE NOTRE SALUT.
VICIT LEO DE TRIBU JUDA, | LE LION DE LA TRIBU DE JUDA,
RADIX DAVID : | LE REJETON DE DAVID A VAINCU :
ALLELUIA ! ALLELUIA ! | ALLELUIA ! ALLELUIA !

Indulgence de 100 jours, une fois le jour, applicable aux âmes du Purgatoire. (LÉON XIII, 21 mai 1892.)

℣. Sancte Antoni, dæmonum effugator, ora pro nobis.

℟. Ut digni efficiamur promissionibus Christi.

℣. Saint Antoine, qui chassez les démons, priez pour nous.

℟. Afin que nous devenions dignes des promesses de JÉSUS-CHRIST.

OREMUS

Ecclesiam tuam, Deus, Beati Antonii Confessoris tui commemoratio votiva lætificet, ut spiritualibus semper muniatur auxiliis et gaudiis perfrui mereatur æternis. Per Christum Dominum nostrum. Amen.

Ab insidiis diaboli, libera nos, sancte Antoni (1).

ORAISON

O mon DIEU, que la puissante intercession du bienheureux Antoine, votre Confesseur, réjouisse votre Eglise, en lui obtenant toujours de nouvelles faveurs spirituelles et la jouissance des joies éternelles. Par JÉSUS-CHRIST Notre Seigneur. Ainsi soit-il.

Des embûches du démon, saint Antoine, délivrez-nous.

(1) Une indulgence de 40 jours a été accordée par un grand nombre de NN. SS. les Evêques et Archevêques de France à leurs diocésains chaque fois qu'ils récitent ce Bref et le Verset avec l'Oraison. Son Excellence Mgr le Nonce Apostolique a ajouté 100 jours.
Mêmes indulgences pour la récitation en français.

Origine du Bref.

Il y avait en Portugal, sous le règne du roi Denis, une personne en butte aux vexations du démon. Cet ennemi de notre salut lui apparaissait souvent sous la figure de Jésus Crucifié et l'engageait à aller se jeter dans le Tage pour obtenir la rémission de ses péchés et le bonheur du Ciel. La malheureuse, trompée par les mensonges de Satan, se décida un jour à aller se noyer. Sur sa route, elle trouva une chapelle franciscaine et y entra. S'étant prosternée devant l'autel de Saint-Antoine de Padoue, elle supplia le Saint de l'aider à sauver son âme ; puis, épouvantée par la perspective de la mort qu'elle allait se donner et accablée de fatigue, elle s'endormit. Pendant son sommeil, saint Antoine lui apparut, la détourna de son projet et lui remit un parchemin qu'elle devait toujours porter sur elle. A son réveil, elle trouva, suspendue à son cou, la feuille précieuse sur laquelle on lisait les quelques lignes appelées dans la suite *Bref* ou *Lettre de saint Antoine*. Elle éprouva aussitôt l'efficacité de ce remède céleste : la tentation et l'obsession de Satan disparurent entièrement.

Le roi de Portugal, ayant eu connaissance du miracle, voulut voir le merveilleux écrit et se le fit apporter. Dès que la pauvre femme fut privée de son précieux trésor, elle retomba sous le pouvoir du démon. On lui procura une copie exacte du Bref miraculeux. Elle la reçut avec confiance et la porta jour et nuit. Dès ce moment, elle recouvra la paix et fut entièrement délivrée de ses tentations, qui ne reparurent plus pendant les vingt années qu'elle passa encore sur la terre. Le roi conserva l'origiñal avec les reliques de la couronne. (*Le Père Jean de La Haye, Bollandistes, Act. SS. Junii, T. III.*) Dans la suite, on a ajouté au Bref les Versets et les Oraisons de l'office du Saint.

IV

Le Répons : SI QUÆRIS

On récite beaucoup, avec la ferveur due aux prières séculaires composées par les Saints, le Répons miraculeux de saint Bonaventure résumant en peu de mots les bienfaits de premier ordre accordés si souvent par le grand Thaumaturge. Il y a indulgence plénière une fois le mois, si on le récite tous les jours, aux conditions ordinaires, confession et communion avec prière aux intentions du Souverain Pontife.

V

L'Hymne : O GLORIOSA DOMINA

En souvenir de la si tendre dévotion de saint Antoine à la Sainte Vierge, on aime à redire cette hymne déjà si familière à ses lèvres enfantines, qui demeura son égide et son secours durant sa courte vie. Ce fut, on s'en souvient, à cet appel *O gloriosa Domina*, que MARIE accourut à son secours et le délivra des étreintes du démon, aux Grottes de Brive. Et cette prière bénie, il la chanta une dernière fois, quelques instants avant de mourir, comme l'hymne de sa reconnaissance. Elle doit attirer sur

les âmes les bénédictions de MARIE et de son fidèle
serviteur.

VI

CHAPELET DE SAINT ANTOINE

Le chapelet de saint Antoine se compose de treize
Pater, treize *Ave*, treize *Gloria* et de la récitation du
Répons miraculeux composé par saint Bonaventure. On
peut, en le récitant, méditer les treize demandes du
Répons.

LE PAIN DES PAUVRES
DE SAINT ANTOINE

Saint Antoine, pendant sa vie mortelle, répandit les
plus doux trésors de son cœur, sur les faibles, les déshé-
rités, les petits. On peut dire qu'à peine en possession du
bonheur céleste, saint Antoine préludait à cette grande
Œuvre du Pain de ses pauvres. Elle doit certainement sa
première manifestation au gracieux miracle opéré à
Padoue pendant la construction de la basilique du Saint.

Un enfant de vingt mois, que sa jeune mère appelait si
tendrement Thomasino, se noya dans un bassin. Désolée,
elle courut au tombeau du Saint, lui promettant de
donner aux pauvres une mesure de blé du poids de son
fils. Celui-ci ouvrit aussitôt ses beaux yeux à la lumière
en présence des Frères Mineurs et des ouvriers de la
basilique.

Un usage répandu dans les familles de la Provence et
dont un Bréviaire aptésien du xive siècle nous a conservé
le souvenir, consistait à consacrer les enfants à saint
Antoine. Les parents qui voulaient placer un fils ou une
fille sous le patronage spécial du Saint, donnaient à un
établissement charitable ou aux pauvres, une mesure de

froment égale au poids de l'enfant consacré. Il était censé faire lui-même la bonne œuvre pour en recevoir le profit spirituel.

Voici la formule de la bénédiction contenue dans ce Bréviaire et employée pour consacrer le souvenir de l'acte religieux qui plaçait un enfant sous la protection du grand Thaumaturge :

Benedictio ad pondus pueri.

Bénédiction du blé au poids de l'enfant.

« *Seigneur* JÉSUS-CHRIST, *par l'intercession de notre*
« *très glorieux Père saint Antoine, nous demandons*
« *humblement à votre miséricorde, que vous vouliez bien*
« *garder de tout mal, herpès, peste, épidémie, fièvre*
« *dangereuse et mortalité, votre serviteur (ou servante),*
« *qui, en votre nom et en l'honneur de notre bienheureux*
« *Père Antoine, met dans cette balance une quantité*
« *de froment égale au poids de son corps, pour le sou-*
« *lagement des pauvres infirmes qui gisent dans votre*
« *hôpital. Veuillez le conserver de longues années et*
« *permettre qu'il arrive jusqu'au soir de la vie. Par les*
« *mérites et les suffrages du Saint que nous invoquons,*
« *daignez le faire parvenir jusqu'à votre saint et éternel*
« *héritage, le garder et le préserver de tous ses ennemis.*
« *Vous qui, étant* DIEU, *vivez et régnez dans tous les*
« *siècles des siècles.* Amen. »

Une bénédiction toute particulière demeure attachée à ces pratiques de nos pères, toutes remplies de foi et de naïve confiance. « Si vous aviez la foi, gros comme un grain de senevé, disait Notre Seigneur à ses Apôtres, vous transporteriez les montagnes. » Puissent les pèlerins des

Grottes de Brive et tous les serviteurs de saint Antoine faire revivre ces antiques coutumes en offrant ce poids de pain d'un petit être légitimement cher pour obtenir sa guérison ou sa préservation de tout mal, par cette offrande en faveur des orphelins, des ouvriers pauvres, de toutes les misères. Ils recevront du grand Thaumaturge une triple bénédiction pour l'esprit de foi, la charité et le bon exemple qu'ils auront donné à nos heures si tristes de scepticisme et de défaillance.

Les *Acta Sanctorum* des Bollandistes, les Annales et les Chroniques des diverses familles des Frères Mineurs donnent la preuve incontestable de ce mystérieux échange de charité.

Cette antique dévotion a reçu d'une façon providentielle à Toulon, une forme nouvelle qui lui a permis de se répandre rapidement dans le monde entier. — Le Révérendissime Père Général des Frères Mineurs, a clairement précisé la question : 1° en recommandant à tous les Directeurs de la Pieuse Union de saint Antoine, l'établissement du Pain des pauvres selon la *forme* usitée dans l'arrière-boutique de Toulon, et 2°, en rappelant que les troncs pour l'argent promis au Saint, ne peuvent être placés dans les églises de l'Ordre : « *Notandum tamen quod in Ecclesia Minorum Observantium hæ capsæ constitui non possint quia forent contra Regulam.* »

Chez les Pères Franciscains de Brive, il n'y a que le tronc pour les demandes. Chacun reste libre d'accomplir ses promesses exaucées, en faveur des Œuvres ou des pauvres de son choix.

DISCOURS ET SERMONS
DE SAINT ANTOINE

Lorsque, à la dernière année de sa vie, saint Antoine vint à passer dans le couvent de Bologne où il avait eu sa première chaire de théologie, les Frères qui avaient été ses élèves et ses disciples, lui demandèrent, comme une grâce, de leur abandonner le commentaire sur les Psaumes, ce précieux trésor qui lui avait été enlevé et miraculeusement rendu. Antoine savait qu'il touchait à la fin de sa carrière apostolique, détaché de toutes choses, consommé en vertus, il n'hésita pas un instant à laisser à ses Frères, ce monument de ses labeurs. Ce ne fut qu'en 1757, que le Père Azzoguidi en fit la précieuse découverte dans des archives du couvent de Bologne. On possède encore les *Sermons du Temps* et les *Sermons du Commun des Saints*, édités à Lyon en 1643.

Après ses œuvres oratoires, il y a encore de saint Antoine l'exposition mystique sur l'Ecriture sainte et les concordances morales de la Bible.

« Il est à regretter, a dit César Cantu dans son his-
« toire universelle, qu'il ne soit rien resté de la prédica-
« tion sociale de ces religieux qui, accomplissant une
« mission aujourd'hui perdue, allaient propager la paix,
« épanchant sur les multitudes la rosée de la grâce dans
« ces discours d'où était exclu tout ce qui ne servait
« pas à l'édification et dont toute la rhétorique con-

« sistait dans la charité. » Sauf de très rares exceptions, il n'est resté des sermons de saint Antoine que de simples canevas ; ils ne furent rédigés qu'après coup. Juger de la parole, abstraction faite du milieu particulier où elle se produit est une méthode vicieuse. A six siècles et demi de distance, nous ne pouvons guère nous représenter exactement ces prédications en plein air. Saint Antoine fut, surtout comme orateur, l'homme des masses, alors vigoureuses, ardentes, mais simples jusqu'à la naïveté. Il est, avant tout, un profond moraliste ; il prend une pensée et l'applique en détail aux conditions, aux âges et aux sexes. Il fait du cœur humain de profondes et subtiles analyses, et quand il a découvert le mal, semblable à un médecin, il applique le remède au malade.

Parlant à des auditoires chrétiens, il ne s'arrête aux considérations dogmatiques que, supposant la morale elle-même dont elle est inséparable. Très lettré, il cite Aristote, Sénèque, Josèphe et Pline. Il possède aussi une grande science liturgique, les rites sacrés servent souvent de base à des discours. Saint Bernard prononçait les siens en latin ; Antoine se sert de la langue romane, des idiomes italiens à l'usage du peuple. L'éloquence parlée est comme un torrent de flamme ; confiée au livre, elle n'est plus qu'une lave refroidie. Il possédait, comme plus tard, son célèbre Frère Bernardin de Sienne, cette clef mystérieuse, qui ouvre et ferme les cœurs. » De là, le succès toujours croissant de sa prédication. Jean de la Haye, Mineur Observant, qui édita ses œuvres et celles de saint François, raconte qu'il découvrit au couvent de Mirecourt dans un manuscrit presque effacé par le temps, le précieux trésor de l'*Exposition mystique*, qu'il édita aussi en 1653. Il n'est peut-être qu'un extrait patient et choisi des Sermons, mais il n'en est pas moins utile et admirable.

Les concordances morales ressemblent à toutes celles que nous a léguées le moyen âge, et dont celle d'Hugues de Saint-Cher reste le modèle. Le grand Cardinal occupa, dit-on, cinq cents moines à composer sa concordance. « Antoine exécuta tout seul la sienne, prouvant ainsi qu'il possédait par cœur toute l'Ecriture sainte. »

Saint Antoine fut aussi un grand poète, car le mysticisme dans lequel il est passé maître est une sublime poésie, aucune nuance délicate ne lui échappe, poésie des noms, des lieux, des faits, des rites, des chants, de la poésie biblique. Il est pénétré avec autant de bonheur du symbolisme de la nature. La lumière, les étoiles, les fleurs, les fruits, les oiseaux, les plantes, passent tour à tour dans ses sermons ; il les peint comme un grand poète et un grand mystique. Il n'a pas composé comme Frère Jacomino un poème sur l'Enfer et sur le Ciel, mais que de gracieux et touchants passages de ses discours peu connus peuvent rivaliser avec les œuvres de Jacomino et de Jacopone !

LES GROTTES DE SAINT ANTOINE
A BRIVE (1232-1896) (1)

I

1232-1874

Fénelon a dit quelque part : « Le meilleur moyen de louer un saint, c'est de raconter ses actions louables. » Mais si, après avoir raconté les faits, on remonte aux lieux, aux monuments qui les contiennent; si on dépeint ces lieux mêmes où les serviteurs de DIEU ont vécu et laissé quelque chose de leurs vestiges, alors même qu'il n'y aurait plus que des ruines, on respire mieux leur parfum particulier, on s'identifie davantage à leur esprit propre. Et puis, comme l'a dit si justement Lacordaire : « Les premiers ouvrages des saints ont une virginité qui touche le cœur de DIEU. Et celui qui protège le brin d'herbe contre la tempête, veille sur le berceau des grandes choses. »

Or les Grottes de Brive sont bien en France le *berceau* de la dévotion à saint Antoine. De grands miracles se sont accomplis d'abord en faveur du Saint dans leur étroite enceinte ; puis, grâce à la prière et aux mérites du grand Thaumaturge, elles sont devenues le point de départ, la source de bien des faveurs obtenues depuis

(1) Voir l'introduction, page 7.

des siècles par les pèlerins, fidèles serviteurs du Bienheureux.

Il est bon et instructif de connaître et d'étudier cette
histoire locale, préservée avec tant de soins et de piété,
par M. l'abbé Bonnelye que nous allons suivre pas à pas
dans notre récit.

Après la canonisation du bienheureux Antoine, l'in-
fluence des Frères Mineurs ou Cordeliers allait grandissant.
On soumettait à leur arbitrage les affaires les plus graves.
On voit, en 1217, le seigneur de Malemort et le vicomte
de Turenne confier à un Cordelier du couvent de Brive le
soin de concilier leurs intérêts avec ceux de la ville. Leur
transaction est acceptée par les deux partis, et l'on trouve
au nombre des religieux, en 1272, Gérald de Malemort,
frère d'Eymeric de Malemort, cinquante-sixième évêque
de Limoges et frère des terribles barons du lieu.

Un demi-siècle s'était écoulé depuis la mort du Thaumaturge, et cependant les populations, toujours fidèles,
accouraient de plus en plus nombreuses au rendez-vous
des Grottes. Les parfums de vertus, laissés là par le saint
Pénitent, les attiraient en foule, et les miracles qui s'y
opéraient sans cesse augmentaient leur confiance.

Les Frères Mineurs durent se préoccuper des besoins
spirituels de ces âmes si dévouées à leur grand Saint.
L'emplacement des Grottes était une propriété privée. Ne
pouvait-il pas en résulter des inconvénients pour les pèlerins ? D'un autre côté, ne convenait-il pas de faire de ces
lieux un véritable sanctuaire, de veiller de plus près au
respect dû à ces Grottes bénies où la Vierge MARIE était
apparue et avait sauvé son bien-aimé Serviteur ? Les
Cordeliers ne tardèrent pas à acquérir, probablement du
vicomte de Turenne, l'enclos au-dessus et au-dessous de
la chapelle actuelle.

Une exacte inspection des Grottes, faite en 1874, prouve

que la petite nef voûtée, construite en saillie sur le rocher ou prolongement des Grottes, s'étendait vers les prés en face. On accédait à cette chapelle par quelques marches couvrant la moitié de la Grotte dans laquelle était placé l'autel de Notre-Dame de Bon-Secours. L'escalier était terminé par une plate-forme de cinq mètres carrés, servant de sous-sol à une petite chapelle qui faisait pendant à la sacristie. Cette église formait la croix latine sans bas-côtés. Sur la Grotte abrupte et pittoresque, les Cordeliers bâtirent, sous le nom d'*Hospitium*, le *petit couvent miniature* dont il restait une partie en 1874, et qui pouvait abriter une douzaine de religieux. C'était bien en effet un petit hospice où, après les fatigues de l'apostolat, les Pères venaient se reposer et se recueillir.

Lorsqu'en 1460 Louis XI, revenant du midi de la France, s'arrêta pour déposer, aux pieds de Notre-Dame de Roc-Amadour, ses royales offrandes, il voulut passer par Brive et suivit, précédé de son escorte, le chemin qui longeait en écharpe le coteau des Grottes. Là on avait apporté les reliques précieuses des églises de la ville, un morceau de la vraie croix, la chape de Mgr saint Martin. Une foule immense avait suivi le clergé et les Ordres religieux, précédant le chapitre de Saint-Martin. Des enfants, vêtus de blanc et tenant en main des écussons aux armes de France, faisaient la haie en criant : *Noë ! Noë ! Vivo lou Rey !* Louis XI descendit de sa mule, écouta dévotement l'histoire du précieux couvent, puis s'agenouilla pour prier devant les reliques du pauvre Frère Mineur, tandis que le peuple acclamait son roi prosterné.

Le XVIᵉ siècle s'ouvrit menaçant d'orages et de guerres sanglantes. Déjà les Cordeliers, Dominicains et Clarisses, établis en dehors des fortifications, avaient à gémir sur les désolations périodiques qui affligeaient la cité. Ils étaient les premières victimes de ces bandes indisciplinées qui ravageaient tout sur leur passage. C'étaient les guerres de religion.

L'hospice de Saint-Antoine reçut le premier assaut de ces sauvages *hérétiques*. Après une terrible lutte soutenue par les habitants de Brive, le couvent fut à moitié démoli. Deux religieux eurent la gloire de verser leur sang pour leur foi. Antoine de Bellevue et Etienne de Borde, sommés par les hérétiques de renier leur croyance en la présence réelle de Notre-Seigneur JÉSUS-CHRIST au très saint Sacrement de l'autel, s'y refusèrent énergiquement. « *Affranchissez-vous donc, leur dirent les sectaires,* « de la soumission à l'Eglise et au Pape. » Les religieux répondirent avec indignation : « *Hors de l'Eglise point de* « *salut !* » Ils furent sur-le-champ lâchement assassinés, le 20 avril 1565.

Qui nous racontera les profanations dont furent souillées ces Grottes, témoin de l'apparition de MARIE et des austérités d'Antoine ? Le couvent fut *saccagé, l'église pillée* et souillée. Sur cette roche où avaient coulé les larmes du pieux Pénitent, ruissela le sang de ses Frères, glorieux martyrs de leur dévouement à la foi de la sainte Eglise romaine.

Le 6 juin 1579, le Père Bernardin Molinier fut massacré par les hérétiques, dans les environs de Gourdon, en Quercy, tandis qu'il se rendait au couvent de Saint-Antoine dont il venait d'être nommé Gardien.

En présence des monstruosités commises par les calvinistes, les consuls de Brive durent se préparer à une rigoureuse défense. Ils décidèrent que les couvents bâtis en dehors des fortifications seraient démolis et que leurs matériaux serviraient à consolider les murs d'enceinte. On donna aux religieux des maisons en échange, dans l'enceinte de la ville. Mais grande fut la douleur des Cordeliers de voir démolir le toit qui avait abrité saint Antoine ainsi que ces murs fondés et bénis par lui. Ce ne fut qu'en 1593 qu'Henri IV offrit aux Ligueurs si puissants du Limousin un armistice de trois ans. Ce fut le signal de la paix consacrée un peu plus tard par l'abjuration du Roi.

Un vieux manuscrit de 1632, qui établit d'une manière concise l'histoire du xviie siècle, prouve que les Grottes ne furent jamais abandonnées par la piété des fidèles pendant cette cruelle période. Il dit textuellement : « Après le « décès de saint Antoine qui eut lieu à Padoue en 1231, « ce rocher fut consacré à l'honneur de ce Saint où la « dévotion croissant avec les miracles, il est aujourd'hui « (1632) *très fameux et très fréquenté.* »

Les religieuses populations du Limousin continuèrent donc, malgré les malheurs du temps, à venir implorer leur puissant protecteur, espérant que celui qui avait réduit au silence les hérétiques du xiiie siècle, leur viendrait en aide.

Les pauvres Cordeliers avaient retrouvé le chemin de leur précieux sanctuaire. Avec les Récollets établis à Brive, en 1612, par la puissante famille de Noailles, ils y venaient souvent demander à Dieu et à saint Antoine de leur rendre leur cher couvent et la paix de l'Eglise. Lorsque les guerres de religion furent apaisées, tous les Ordres s'empressèrent de relever les ruines de leurs demeures. En 1682, les Dominicains avaient terminé leur église et le dortoir. Les Frères Mineurs avaient dû conduire plus vite leurs humbles travaux, car une grosse pierre de leur ancien couvent porte la date de 1656. Cette pierre sert de manteau à la cheminée de la cuisine dans le monastère actuel des Ursulines, l'ancien couvent des Cordeliers.

Les Chroniqueurs du temps font remarquer que les Cordeliers ne réclamèrent rien ! tandis que les autres communautés exigeaient de fortes indemnités. Ils obtinrent par acte notarié, au nom du gardien Jean Bonnet, des chanoines de Saint-Martin, le droit de faire, selon l'usage de l'Ordre, une procession, au son de la grande cloche, autour de la ville et de chanter une grand'messe, en la dite église de Saint-Martin.

Les Cordeliers, durent s'occuper aux mêmes temps de l'hospice Saint-Antoine, comme le prouvaient encore deux vieux tableaux retrouvés dans les débris en 1874. L'un était un ex-voto d'une maison alliée aux Turenne, ainsi que le prouve l'écusson à demi déchiré placé dans l'angle du tableau, le second représente saint Antoine recevant de saint François l'ordre d'enseigner la théologie, en lui tendant une cédule portant ces mots : « *Placet studium cum pietate.* » Bien que grossièrement exécutées, ces deux peintures, témoignent de la piété des fidèles et de leur concours aux Grottes à la fin du xviie siècle.

En 1711, on refit l'autel et le rétable en bois, assez bien conçu dans le goût de l'époque ; quatre colonnes torses enlacées de pampres, supportant un fronton, au milieu duquel se trouvait un beau médaillon de la Vierge. Du côté de l'Evangile, il y avait une statue de saint François, du côté de l'Epître, celle de saint Antoine, et, dans une niche au-dessus de l'arc triomphal séparant la nef du sanctuaire, on avait placé une statue de saint Louis, évêque de Toulouse, du premier Ordre des Frères Mineurs. Ces travaux furent exécutés par les habiles frères Duhamel de Brive qui embellirent aussi Naves, Allassac et plusieurs églises de la contrée.

On trouva dans les débris les restes d'une toile ayant quatre mètres sur trois et qui devait représenter un apothéose. Des troupes d'anges faisaient escorte à un saint dont on ne voyait plus que le bas du corps. Sa robe rouge retenue par une corde blanche à trois nœuds, fait penser à saint Bonaventure, si dévot à saint Antoine. Ce grand tableau devait couvrir, par derrière l'autel, le fond de la chapelle qui ressemble à une coupole naturelle. Quelques cellules furent relevées, pour servir d'asile aux religieux qui, au moins au temps où les pèlerins arrivaient en foule, devaient se tenir à leur disposition afin de pourvoir à leurs besoins spirituels.

Les mères vouaient leurs jeunes enfants à saint Antoine et se hâtaient de les porter au sanctuaire pour les faire bénir. Ces enfants devenus hommes mûrs, venaient tous les ans avec une admirable persévérance renouveler eux-mêmes leur consécration. Des vieillards disaient, il y a vingt-cinq ans, au bon curé de Saint-Sernin, qu'ils n'avaient jamais manqué depuis plus d'un demi siècle de venir tous les ans aux Grottes.

Deux faits témoignent de la vénération extraordinaire que l'on portait au xviiie siècle à ces lieux bénis. Nous voulons parler des exorcismes qui eurent lieu dans les Grottes. en 1775 et en 1790.

« Martial Chantalat, mon grand père, attestait une « pieuse chrétienne, racontait jadis cette cérémonie dont « il avait été témoin, ayant aidé à conduire une jeune fille « possédée du démon dans l'église des Cordeliers ou se « firent les premiers exorcismes. On la mena ensuite aux « Grottes de saint Antoine, et c'est là qu'elle fut guérie « devant la foule énorme qui l'avait suivie. »

Le second exorcisme eut lieu en 1790. Il n'y avait plus de Religieux à Brive, la révolution les ayant déjà dispersés. Ce fut un doctrinaire qui présida cette émouvante céré-monie. La possédée était une jeune personne de la paroisse de Noailles. Une multitude de curieux s'était rendue devant le sanctuaire privilégié. Le démon n'aban-donna sa malheureuse victime que vers le milieu de la nuit.

Les Frères Mineurs avaient dû fuir comme tant

d'autres, ou se cacher abandonnant leur couvent et l'ermitage six fois séculaires. La plupart des monastères furent confisqués et vendus au profit de la nation. Celui des Cordeliers de Brive ne fut pas aliéné. La chapelle fut certainement profanée, les statues mutilées, les tableaux déchirés. A l'intérieur il n'y avait rien à prendre, les Pères étant très pauvres de vœu et de fait ; mais la bibliothèque et les archives furent pillées. Il ne reste plus que des murs sévères et nus, des cloîtres silencieux, animés aujourd'hui par des religieuses d'une autre règle et d'un autre costume.

Mais que devint pendant la grande tourmente révolutionnaire la chère colline de saint Antoine avec son hospice et ses Grottes ? Hélas ! tous ces trésors passèrent entre des mains vulgaires. Déclarons toutefois, que les nouveaux propriétaires conservèrent ces lieux bénis, la chapelle et les Grottes surtout, avec des ménagements presque religieux. Nul ne sait ce que devinrent les ornements, les vases sacrés, et les reliques. Toutefois le rétable, la statue, les deux tableaux, ne souffrirent d'autres dommages que ceux de l'humidité.

Aussi, malgré la terreur, et les dangers qui planaient sur les âmes religieuses, « SAINT ANTOINE NE FUT JAMAIS ABANDONNÉ ! »

On vit toujours venir publiquement ou en secret, les fidèles invoquer le cher Saint si populaire. A genoux dans l'herbe qui croissait devant les Grottes, ils maintenaient la perpétuité du culte et les traditions pieuses de Brive et du Limousin. Les années ne lassaient pas la confiance tenace des populations. A mesure que la révolution s'usait par ses propres excès, il devenait moins rare de voir en plein jour des groupes agenouillés dans la chapelle ou devant les Grottes, venant demander ou remercier pour les faveurs espérées ou obtenues.

Dès que la liberté fut rendue à l'Eglise, les pèlerins en grand nombre reprirent avec une nouvelle ardeur le chemin des Grottes, tant se trouvait profondément enracinée dans tous les cœurs, la confiance et l'espoir dans la bonté du grand Thaumaturge. « C'est qu'il est plus facile à l'acharnement des sectaires d'anéantir des masses à coups de canon, de démolir des forteresses et des églises, que d'arracher de l'âme des peuples les sentiments religieux. »

Pendant quatre-vingt-deux ans, du 15 août au 15 septembre, alors même que l'Eglise ne fut plus là pour bénir et accueillir les pèlerins, qui donc parmi les anciens du Limousin n'a pas vu « *ces Romieux,* » c'est-à-dire ces pèlerins arriver à Brive par groupes, s'acheminant paisiblement à travers les rues de la ville vers les Grottes de Saint-Antoine ? Arrivés là, ils déposaient un cierge de quelques centimes, remplissaient une fiole de l'eau miraculeuse, priaient longtemps à genoux devant les Grottes, puis reprenaient le chemin de leurs demeures, situées souvent à quarante ou cinquante kilomètres. On y a vu des habitants de Millevaches qui avaient dû parcourir quatre-vingts kilomètres.

Le Concordat signé, les Ursulines, après force démarches, obtinrent de l'Empereur, le 10 mars 1807, la cession du couvent des Cordeliers de Brive, pour s'y livrer à l'éducation des jeunes filles.

A plusieurs reprises, des instances furent faites auprès des propriétaires des Grottes, par les différents curés qui se succédaient à Brive, afin de racheter l'ancien hospice de Saint-Antoine ; ce fut toujours sans succès. Fort attristés, sous l'administration de M. Broquin, curé de Saint-Martin, les reliques authentiques de saint Antoine furent transférées, de l'ancienne église des Cordeliers, à la paroisse Saint-Martin. Mais Dieu a son heure ! Elle allait sonner pour les chères Grottes toujours vénérées.

En 1868, M. l'abbé Bonnélye fut nommé curé de Saint-Sernin de Brive. Le territoire des Grottes dépend de cette paroisse. Aussi un de ses premiers soins fut de visiter la pieuse solitude. Poliment accueilli, il visita en curieux ces lieux dont l'antique renommée faisait battre plus fort son cœur sacerdotal ; il se retira navré.

Cinq ans s'écoulèrent encore et de terribles malheurs avaient fondu sur la France.....

Le 4 octobre 1873, fête de Saint-François d'Assise, le vénérable curé de Saint-Sernin, toujours confiant dans la divine Providence, signait l'acte de prise de possession de l'hospice de Saint-Antoine et de ses dépendances! Le plus beau fleuron de l'église de Tulle lui était enfin restitué. L'âme du bon Pasteur tressaillait de joie à la pensée du précieux trésor confié à sa garde.

Toutefois, ce trésor n'était qu'une ruine. M. l'abbé Bonnélye, dans sa *Vie* si touchante de saint Antoine, ajoutait qu'une faveur personnelle obtenue par l'intercession de saint Antoine aiguillonnait vivement son zèle.

Dès les premiers jours de 1874, les réparations les plus urgentes étant terminées, Mgr Berteaud, évêque de Tulle, autorisa la bénédiction et l'inauguration provisoire, et s'empressa d'offrir une relique authentique de saint Antoine. A la prière de M. le curé de Saint-Sernin, M. l'abbé Broquin, doyen de Brive, fut délégué.

Le 19 janvier 1874, une immense procession, partie de Saint-Sernin, se déroula le long de la route de Toulouse jusqu'au sanctuaire vénéré. La foule se résigna à entourer comme d'une garde d'honneur la modeste chapelle cent fois trop étroite pour la contenir. Le Saint-Sacrifice fut offert pour la première fois depuis plus de quatre-vingts ans. Le célébrant prononça une émouvante allocution, et un cantique populaire, composé par le Supérieur du Petit-Séminaire, M. l'abbé Massoulier, fut joyeusement chanté autour des Grottes.

Au 13 juin suivant, un Religieux franciscain, pendant huit jours, édifia profondément la population. C'était, depuis la Révolution, la première fois qu'un Frère Mineur prononçait aux Grottes le panégyrique du Thaumaturge.

Suivant sa promesse, le 3 août 1874, le grand Evêque de Tulle et le T. R. P. Provincial des Franciscains arrivaient aux Grottes pour leur inauguration solennelle.

Aux abords de la Grotte se dressaient des arcs de triomphe et de fraîches couronnes de fleurs, les chemins étaient jonchés de verdure, la joie se lisait sur tous les fronts.

Pour rehausser la cérémonie, Mgr Berteaud devait confirmer, dans le sanctuaire, les nombreux enfants de Saint-Sernin et des paroisses de Varetz et de Cosnac.

Au bas des degrés de l'oratoire, le digne curé de Saint-Sernin reçoit Sa Grandeur et lui adresse un charmant compliment, résumant toutes les gloires du sanctuaire de Saint-Antoine :

« Monseigneur,

« Un grand serviteur de Dieu venait ici, il y a près de sept cents ans, *pœnitentiæ et orationis causa*, nous disent les Annalistes, pour prier et faire pénitence. Les foules avides de sa parole inspirée, le suivaient dans sa solitude, il les instruisait et les édifiait. Quatre ans après il rendait, tout jeune encore, son âme à Dieu ; et le Pape, juge infaillible d'une vie si admirable, bien que si courte, décernait à celui que son prédécesseur avait nommé *l'Arche du Testament*, les honneurs de la Canonisation.

« Les fidèles ne s'y trompèrent pas. Ayant suivi le Saint pendant sa vie, ils vinrent l'invoquer après sa mort et respirer sous ce rocher témoin de tant d'héroïsme divin, les parfums de vertu que le grand Thaumaturge y avait laissés.

« Probablement dans le XIVᵉ siècle le concours des dévots de saint Antoine était si pressé, que les enfants de saint François crurent devoir, pour satisfaire à la piété des fidèles, construire ici, sur ces eaux que le Saint avait bénies et dont il s'était abreuvé, l'*hospitium* dont les ruines sont encore debout.

« Exposé, à cause de son isolement, à la fureur des hérétiques qui ensanglantaient si souvent la ville de Brive, qui nous dira les scènes de désolation et le carnage dont il fut le témoin et la victime ? Il suffit de rappeler la fin glorieuse d'Etienne de Borde et d'Antoine de Bellevue confessant leur foi à l'Eglise Romaine jusqu'à la mort.

« Puis vint la grande perturbation de 1793. Le sanctuaire tant aimé des foules fut aliéné et ses anges gardiens se voilèrent la face de leurs ailes ! Ces rochers sanctifiés pleurèrent leur veuvage, et chaque goutte qui s'échappait de leurs flancs était comme une larme de deuil ! L'oratoire attristé ne vit plus la Sainte Victime offerte sur l'autel. *Mais le peuple vint toujours* s'agenouiller devant les Grottes sur les dalles profanées. Le couvent était là tournant le dos à ce qu'ils appelaient la civilisation, attendant de Dieu le jour et l'heure où les enfants de saint François reviendraient opposer leur chère pauvreté à la soif insatiable de l'or, leur chasteté au désir effréné des jouissances, leur obéissance à la rage ardente d'indépendance et d'affranchissement de toute autorité.

« L'heure tant désirée est venue. Le vénéré sanctuaire est rendu à l'Eglise et à la piété des fidèles. Les hymnes sacrées ont retenti de nouveau sous les flancs de ces rochers aimés. Les anges ont repris leurs cithares d'or et attendent l'Evêque que la Providence s'était choisi, le résurrecteur des gloires du Limousin, le défenseur infatigable des traditions de l'Eglise de saint Martial. C'était à vous, Monseigneur, le chantre incomparable de l'Incarnation, qu'il appartenait de poser un pied de maître dans le *sanctuaire unique en France* où le saint que Jésus honorait de ses caresses avait vécu ! Recevez donc, Monseigneur, des mains du plus humble de vos enfants cette perle précieuse, placez-la dans l'écrin déjà si riche de votre diocèse, à côté des sanctuaires si vénérés et si nombreux qui ornent, de distance en distance, votre *Coureuse* aimée (la Corrèze), de Notre-Dame d'Enguerrande à Notre-Dame la Grande, que vous avez naguère sortie des poussières où l'avaient ensevelie les insanités humaines ! Entrez donc, Monseigneur, et attirez sur nous tous les bénédictions d'en Haut. Réjouissez ce peuple que vous aimez. Parlez-lui de saint Antoine qui vous attendait pour le faire revivre ! »

Mgr Berteaud, du seuil du sanctuaire, s'adressant à la foule groupée autour de lui, parla en ces termes :

« MES ENFANTS,

« Sur ce rocher solitaire, des foules nombreuses venaient s'agenouiller et prier. Je viens aujourd'hui, moi, l'Evêque de ce diocèse, reprendre possession, au nom de l'Eglise, de ce sanctuaire vénéré, de cette céleste colline. Oui *possession*, dans le sens étymologique de ce mot, qui veut dire *session des pieds, sessio pedis.* C'est ainsi que les Romains prenaient possession de leurs nouvelles conquêtes. Mais ce n'est pas seulement par les pieds que je reprends possession de ce lieu béni, c'est par le cœur, c'est par la tête. Je me rappelle l'exemple du prince des

8

Apôtres qui a été crucifié la tête en bas ; et ce ne fut pas sans raison. C'est par la tête, c'est-à-dire par l'intelligence, qu'il voulait prendre possession de Rome et du monde. Eh bien ! mes enfants, ces lieux que vous contemplez ont été témoins des soupirs embrasés d'un amant passionné du Christ, d'un *diseur* harmonieux, qui chantait si bien les Ecritures, qu'un pape, Grégoire IX, le surnomma : l'*Arche du Testament*. Ses commentaires sur les pages divines sont comme une cithare d'or, comme une lyre harmonieuse qui redit les hymnes les plus magnifiques en l'honneur du Verbe Incarné. L'Enfant Jésus, de son doigt gracieux et éloquent, avait touché sa lèvre et lui faisait prononcer des syllabes d'or !

« Ce chantre superbe, on l'a surnommé Antoine de Padoue. Eh bien ! moi, je veux l'appeler *Antoine de Limoges ! Antoine de Brive !* Il est venu au pays des Lémovices, il a parcouru ces vallons verdoyants et ces plaines diaprées. Il a prié dans cette Grotte délicieuse, encore embaumée de son séjour. Il s'est désaltéré à cette source limpide qui semble refléter la pureté de son âme. C'est ici que le doux et suave Antoine a multiplié les prodiges....

« La première fois qu'il vint au pays des Lémovices, ce grand hérault du Christ commença son discours par ce texte de l'Ecriture : *Ad vesperum demorabitur fletus, et ad matutinum lætitia.*

« Eh bien ! comme au temps d'Antoine, nous avons eu, nous avions hier encore des sujets de tristesse, nous avons versé des larmes amères sur notre patrie, mais nous voyons maintenant luire l'aurore de jours meilleurs. Des foules de croyants sillonnent la France dans tous les sens ; elles vont dans les sanctuaires vénérés chanter le Christ. C'est la foi qui renaît, et avec elle l'espérance et la vie.

« Allons ! vous reviendrez ici, mes enfants, prier encore avec Antoine la Vierge Immaculée. Je vois à cette belle fête deux enfants de saint François d'Assise, doux et suaves Frères d'Antoine, qui nous ont fait entendre leur parole.... De la tête à ses pieds nus, le Frère Mineur est une poésie vivante. Et de sa bouche surtout peuvent sortir des flèches d'or, pour frapper et convertir le pécheur.

« Allons ! enfants de François, vous avez acquis aujourd'hui droit de cité dans ces lieux, habités autrefois par l'incomparable Thaumaturge, votre Frère ; vous avez droit de cité dans cette ville de Brive et dans tout mon diocèse. Répandez-vous dans toute notre France, chantez le Christ avec une bouche d'or, et que votre parole soit suave et persuasive.

« N'oubliez pas cependant de fustiger l'erreur avec des verges de fer. Dieu hait le mensonge, d'une haine parfaite. Il déteste ce qu'il n'a pas fait et ce qu'il n'a pas pu faire. *Perfecto odio oderam illos.* Avec l'erreur, point de transactions. Aujourd'hui les hommes ont affirmé un Verbe mauvais. Ils consentent à nous laisser chanter le Christ entre l'église et la sacristie ; volontiers alors ils veulent unir leurs voix aux nôtres. Mais du Christ dans la vie sociale, ils n'en veulent pas. Comme si, arrivés au seuil de la vie publique, nous devions rougir des glorieuses prérogatives que l'Incarnation nous a méritées. Comme si, alors, nous devions jeter nos royales couronnes et désavouer nos titres splendides de *Créments* du Christ, de Dieu par participation.

« Pour vous, louez-le partout, superexaltez-le toujours ; vous imiterez ainsi votre immortel docteur Duns Scot dont l'Enfant Jésus avait aussi touché les lèvres harmonieuses, et qui écrivait en tête de son magnifique commentaire sur l'un des livres des sentences : « Quand il s'agit de chanter le Christ, je préfère, si c'était possible, dépasser le but, que de ne pas l'atteindre ! »

Cette touchante inauguration donna un grand éclat au pèlerinage.

Un regret demeurait au cœur du vénéré pasteur : la prière n'était pas encore permanente dans les Grottes de Saint-Antoine. Enfin le T. R. P. Raphaël d'Aurillac, Ministre provincial, écrivit qu'il était prêt à renouer la chaîne séculaire et à rentrer en possession de l'asile du Saint.

Voici l'éloquente supplique de Mgr Berteaud à Pie IX, pour demander le rétablissement des Frères Mineurs de l'Observance aux Grottes de Saint-Antoine à Brive :

« L'heureuse colline de mon diocèse, sur laquelle s'épanouissait, comme une fleur très suave, saint Antoine de Padoue, où résonnèrent si souvent les paroles de celui qu'un Vicaire suprême du Christ décora du nom splendide d'Arche du Testament, cette colline frémit maintenant, impatiente, en attendant le retour de ses anciennes gloires. L'Evêque de Tulle, prosterné aux pieds du bien-aimé S. S. Pie IX (que le Christ fait tous les jours s'élever merveilleusement sur son peuple), demande ardemment que soient accueillies avec bienveillance ses prières, unies à celles des Frères si chéris de saint Antoine de Padoue. »

Deux mois plus tard, le T. R. P. Provincial venait installer, hélas ! presque trop pauvrement, dans cette résidence où tout manquait encore, les prémices de la colonie apostolique destinée, avec l'aide du pieux et savant Evêque, à évangéliser son peuple et à l'édifier par la pratique des vertus.

Les trois premiers Frères Mineurs venaient habiter trois cellules occupées par leurs frères avant la Révolution. On pouvait lire encore sur les murs quelques sentences tirées des écrits de saint Antoine ; tant il est vrai que tout, dans ces lieux vénérés, était encore parfumé du souvenir du grand Saint.

Pendant qu'on faisait exécuter les réparations les plus urgentes, on songeait déjà aux plans du futur couvent qui devait s'asseoir sur le dos robuste du rocher d'où suinte toujours goutte à goutte l'eau salutaire.

En 1875, le Révérendissime Ministre Général, Bernardin de Portogruaro, venait prier aux Grottes. Sa visite, celle de Mgr de Tulle devaient porter des fruits abondants.

Les pèlerins arrivaient de plus en plus, de tous les coins du Limousin. Tulle, à qui revenait de droit l'honneur du premier pèlerinage organisé, arriva à la fin de septembre, sous la direction de M. l'abbé Lalite, Vicaire Général.

II

1875-1876

Ce fut le 22 avril 1875, que les enfants de saint François reprirent définitivement possession des Grottes de saint Antoine, toutes parfumées du souvenir du grand Thaumaturge, mais ruinées, dépouillées et dans la plus grande pauvreté. Seule, la nature en ces premiers jours de printemps, semblait parer joyeusement de fleurs et de verdure, l'asile où le saint à l'âme si tendrement poétique était venu feuilleter son livre sublime qu'il devait si pieusement commenter.

Le zèle et la confiance constituaient tout le patrimoine des premiers Religieux ; cependant trois mois après, la'

8.

chapelle était modestement convenable. L'affluence des
pèlerins montrait en augmentant tous les jours, l'impé-
rieuse nécessité de reprendre les constructions. Le
T. R. P. Provincial adressait aux Tertiaires de France un
pressant appel ; Mgr Berteaud ajoutait une chaleureuse
approbation à ce projet de restauration « qui réjouissait
grandement son cœur d'évêque. »

1877-1878

En 1877, les Grottes reçurent la visite d'un illustre exilé,
si *fraternellement* attaché à la famille Séraphique,
Mgr Mermillod. Après avoir célébré le saint sacrifice, il
prononça une de ces pieuses et vibrantes allocutions dont
il semble avoir emporté le secret dans la tombe.

« Ce n'est pas, dit-il prophétiquement, sans desseins,
« que la Providence permet à ce sanctuaire de se rele-
« ver... O grand saint Antoine ! patron des choses per-
« dues ! Faites retrouver à mon pays, *la Foi* que l'hérésie
« lui a enlevée !... Faites retrouver à mon troupeau, son
« *Pasteur* exilé... Qu'il vous fasse retrouver à tous, la
« *Patrie* du Ciel, si vous l'avez perdue !... »

Ce grand Cardinal dort aujourd'hui dans sa mémoire
harmonieuse. Mais aux Grottes de Brive, on lit sur une
plaque de marbre, ces simples paroles : « Le cardinal
Mermillod exilé de Genève, est venu demander à saint
Antoine de lui faire retrouver son troupeau ; et il a été
exaucé. Gloire au Saint, qui fait retrouver les choses
perdues ! »

Vers la fin de 1877, le petit couvent relevé de ses
ruines, n'était encore qu'un ermitage champêtre. Les pèlerins étaient heureux de rencontrer aux Grottes des reli-

gieux pour les recevoir et les bénir. Le R. P. Hilarion succédant au R. P. Paul-Marie, premier supérieur, avait transformé le devant de la chapelle, en une belle et vaste place, et tracé aux flancs abrupts de la montagne, une voie aux contours élégants pour y établir un chemin de croix, dominé par un calvaire.

Le dimanche 16 juin 1878, la foule était accourue pour assister à l'érection canonique du chemin de la croix, présidée par le T. R. P. Raphaël, Ministre provincial. Il prononça quelques chaleureuses paroles, après avoir béni le calvaire, dont la grande croix dominant la contrée, semble protéger la ville de Brive si fidèle à saint Antoine. Il annonça que Mgr l'évêque de Tulle accordait quarante jours d'indulgence à ceux qui viendraient récider un *Pater* et un *Ave*, aux pieds de Jésus Crucifié.

1879-1880

Vers la fin de 1880, le petit couvent de saint Antoine dont le Gardien était le R. P. Alexandre, successeur du R. P. Régis, eut ses épreuves, comme les autres communautés. Les religieux furent dispersés ; à cette occasion, Mgr Dénéchau évêque de Tulle, montra pour le pèlerinage et les Frères Mineurs, une bonté et un dévouement qui n'ont fait qu'augmenter.

1881-1882-1883

Pendant ces trois années les habitants de Brive et du Limousin continuèrent, comme d'habitude, leurs visites et leurs pèlerinages aux Grottes de saint Antoine.

En 1882, grâce aux générosités des Tertiaires de France
et en particulier de la fraternité de Brive, comme souvenir du septième centenaire de la naissance de saint François d'Assise, on éleva dans la première Grotte, une statue
en l'honneur du Patriarche Séraphique.

Un peu plus tard, on put dans les autres Grottes, dou-
bler les réservoirs de l'eau, et en cimenter le sol. Sur la
façade du rocher, une plaque de marbre, raconte les merveilles de cette eau bienfaisante :

Ebbibe : aquam irriguam duxit Patavinus ab antro
Et dedit huic fonti ferre salutis opem.

1884-1885-1886

Déjà le projet de bâtir une église en rapport avec les
exigences du pèlerinage s'accentuait de plus en plus. La
souscription s'ouvrait comme par enchantement. En
échange de ses bienfaits, ou pour en obtenir de nouveaux,
on commençait à promettre au grand Saint, des pierres,
des grains de sable, pour la future construction.

1887-1888-1889

Après les fêtes de Pâques 1887, Mgr Dénéchau vint
solennellement bénir le monument et la belle statue de
saint Antoine, élevés devant les Grottes, sur la place
demi-circulaire. La statue était un ex-voto offert par les
Tertiaires de Béziers. L'ancienne église tombait en ruines ;
il fallut la démolir. L'habitation des Pères elle-même
menaçait de s'écrouler ; la reconstruction du couvent
s'imposait.

Le 12 avril 1889, Mgr Potron, Franciscain, Commissaire de Terre-Sainte et évêque titulaire de Jéricho, bénissait la première pierre des constructions, qui ne furent terminées que l'année suivante.

1890-1891-1892

Deux modestes maisons, voisines des Grottes, avaient été appropriées, l'une pour recevoir les prêtres ou les séculiers qui venaient faire des retraites ; l'autre pour abriter les religieuses se dévouant au service des pèlerins.

Grâce à l'activité intelligente du R. P. Barthélemy, le nouveau gardien des Grottes, l'Œuvre tout entière prit un nouvel essor.

En mai 1891, un grand pèlerinage d'Alsace-Lorraine allant à Lourdes, faisait une station aux Grottes de Saint-Antoine. On remarquait parmi eux, le groupe important des catholiques Souabes et Rhénans de la Forêt-Noire. Depuis cette époque, ce pèlerinage des Alsaciens-Lorrains a été fidèle à sa visite annuelle, aux Grottes de l'illustre descendant de leurs anciens ducs et de la famille de Godefroy de Bouillon.

Le 12 janvier 1892, S. S. Léon XIII accordait sa bénédiction apostolique à tous ceux qui contribueraient à la reconstruction de l'église.

Le 22 novembre de la même année, Monseigneur de Tulle daignait approuver les premiers statuts de la confrérie de Saint-Antoine et de Notre-Dame de Bon-Secours, établie aux Grottes de Brive.

Les deux maisons rendues à leur ancien usage, ne suffisant plus aux besoins du pèlerinage, on dut construire un grand abri pour recevoir et préserver les pèlerins et établir une hospitalité séparée pour les Dames.

1893-1894

Le 13 juin 1893, le vénérable Evêque de Tulle, venait donner une nouvelle preuve de son paternel dévouement

aux Grottes de Saint-Antoine, en bénissant la première pierre de la nouvelle église.

« Le monastère est achevé, disait à ce propos le *Con-* « *ciliateur de la Corrèze*, et l'église montre le tracé de « ses fondements au-dessus des Grottes dont l'aspect « pittoresque sera aménagé avec art. »

Le soir un banquet fraternel était offert aux ouvriers,

Entrée de l'église et du couvent de Brive.

patrons et Religieux venaient y prendre part et montrer ce que peut produire, dans l'esprit de l'Eglise, la véritable *Fraternité*.

En mai 1894, l'église était entièrement couverte, et la

Vierge Immaculée, protectrice de l'Ordre des Frères Mineurs, placée sur le pignon qui sépare le sanctuaire de la nef, dominait tout le pèlerinage en face de la grande place.

L'église, dans son éloquente simplicité, s'harmonise avec les Grottes et les sites environnants, elle est presque bâtie en entier avec le rocher des Grottes elles-mêmes.

La Vierge franciscaine sur le pignon de l'église.

C'est également en 1894, que fut construit devant l'église, l'asile Saint-Joseph pour les pèlerins.

Le 1er août, le R. P. Barthélemy de Bionville, gardien des Grottes, bénissait la cloche et le nouveau sanctuaire.

Le 15 août, fête de l'Assomption de MARIE et anni-

versaire de la naissance de son fervent défenseur, on transportait solennellement dans la nouvelle église, l'antique statue en bois de Notre-Dame de Bon-Secours, remplacée dans la Grotte par un groupe rappelant le miracle de la délivrance de saint Antoine par sa glorieuse souveraine.

Chapelle de N.-D. de Bon-Secours dans l'église au-dessus des Grottes.

Le désir de conserver la précieuse statue avait imposé cette translation.

Le 5 décembre, les premiers orphelins prenaient possession des mansardes de la maison Saint-Yves, qui devaient servir d'orphelinat provisoire.

1895

Cette année a été marquée par des évènements bien importants dans l'histoire de ce sanctuaire, et, en premier lieu, par celui de la consécration de la nouvelle église.

Le 13 juin 1895, jour de la FÊTE-DIEU, qui, cette année, coïncidait avec la fête de saint Antoine, avait lieu l'imposante cérémonie de la consécration de l'église. Entouré de plusieurs prélats, Monseigneur l'Evêque de Tulle consacrait le maître-autel double, tandis que ses vénérables Frères dans l'épiscopat, consacraient les autels latéraux et les autels des Grottes. Voici l'inscription placée sur l'un des piliers de l'église et qui rappelle ce souvenir :

Cette église dédiée à Notre-Dame de Bon-Secours, à saint Antoine de Padoue et à saint Joseph, a été consacrée, le 13 juin 1895, jeudi de la Fête-Dieu, par MGR DENÉCHAU, *évêque de Tulle.*

Son Eminence le Cardinal évêque de Rodez, présidait.

Assistaient et consacraient les autels des chapelles et des Grottes : LL. GG. MGR GRIMARDIAS, *évêque de Cahors,* MGR ROUGERIE, *évêque de Pamiers,* MGR LUÇON, *évêque de Belley,* MGR LAMOUROUX, *évêque de Saint-Flour,* MGR BELMONT, *évêque de Clermont,* MGR BARDEL, *évêque de Parium,* RÉV. DOM BOURIGAUD, *abbé de Saint-Martin de Ligugé.*

9

Plus de trois cents prêtres, le Grand-Séminaire de Tulle, relevaient par leur présence l'éclat de la fête.

Le soir, après une allocution de S. E. le Cardinal

Bourret, la procession du Très Saint Sacrement que portait Mgr Rougerie, évêque de Pamiers, déroulait ses majestueux anneaux dans les lacets de la colline pour arriver du reposoir des Grottes à celui du Calvaire.

On a évalué à trente mille le nombre des pèlerins.

Vue intérieure de l'église de Saint-Antoine de Brive.

A huit heures du soir, au moment des adieux, l'immense croix du Calvaire s'illumine soudainement, projetant sur Brive et la campagne environnante ses rayons, brillants symboles de foi et gage d'espérance pour l'avenir.

Pendant l'octave, le T. R. P. Saudreau, des Frères-Prêcheurs, Prieur des Dominicains de Bordeaux, ancien Provincial de France et successeur du R. P. Lacordaire, faisait entendre sa parole éloquente et persuasive, communiquant plusieurs fois par jour à l'âme des pèlerins tout l'amour dont son cœur déborde pour notre Saint (1).

Fait digne des anciennes *Fioretti de saint François*, un oiseau étranger au pays, assure-t-on, était venu poser son nid sur la poitrine de saint Antoine, dans les bras de l'Enfant-Jésus. Le poétique orateur sut tirer plusieurs fois de ce fait, pour le moins assez extraordinaire, des enseignements très goûtés que ses auditeurs n'oublieront pas.

Le 20 juillet, un incendie éclatait dans la petite hospitalité, à dix heures du soir. Les petits orphelins, endormis, étaient arrachés à grand'peine au terrible danger. Les flammes, envahissant les toitures, ont multiplié les pertes et entravé les travaux déjà commencés.

Parmi les pèlerinages importants qui, cette année, s'organisèrent aux grottes de Brive pour fêter le centenaire de notre Saint, il faut signaler celui du Congrès du Tiers-Ordre Franciscain, tenu à Limoges sous la présidence d'honneur du vénérable Evêque de ce diocèse.

L'ouverture et la clôture du Congrès ont eu lieu aux Grottes de Brive.

Pendant cette longue période de fêtes spéciales et mémorables, la ville de Brive et le Limousin tout entier ont rivalisé de zèle et de piété pour célébrer le septième

(1) *Echos des Grottes*, août 1895.

centenaire de la naissance de leur grand protecteur saint Antoine.

Toutes les Communautés religieuses de Brive sont venues en pèlerinage aux Grottes du grand Thaumaturge, implorer de celui qui a tant aimé cette contrée une particulière bénédiction.

Une partie des pèlerins composant le pèlerinage national qui, tous les ans, se rend de Paris à Lourdes, obtint par ses instances de faire une halte aux Grottes vénérées.

Dernières faveurs de cette année merveilleuse.

Les Grottes bénies deviennent le centre national de la Pieuse Union pour la France ; l'autel de la Grotte et celui où repose l'antique statue de Notre-Dame de Bon-Secours sont déclarés autels privilégiés ; les sept autels des bas-côtés sont enrichis des indulgences des sept autels de la Basilique Vaticane. Enfin, le Chapitre de Latran déclarait la nouvelle église affiliée à la Basilique de Saint-Jean de Latran, Mère et maîtresse de toutes les églises de la ville et du monde, avec communication de tous ses privilèges et indulgences.

L'église et le pèlerinage sont aussi en communication de privilèges et biens spirituels avec l'archiconfrérie du Sacré-Cœur de Montmartre.

Les Prêtres qui ne pouvaient auparavant célébrer la *messe votive* de saint Antoine qu'une fois par an, peuvent désormais, grâce à un privilège spécial, célébrer cette Messe *toutes les fois* qu'ils viennent en pèlerinage au Sanctuaire (1).

(1) ... *Ut cuilibet Sacerdoti qui* quàlibet vice *illuc peregrinationem facit, Missam votivam de eodem sancto Antonio in præfata Ecclesia liceat celebrare..... servatis Rubricis* [Die 4 Maii 1896].

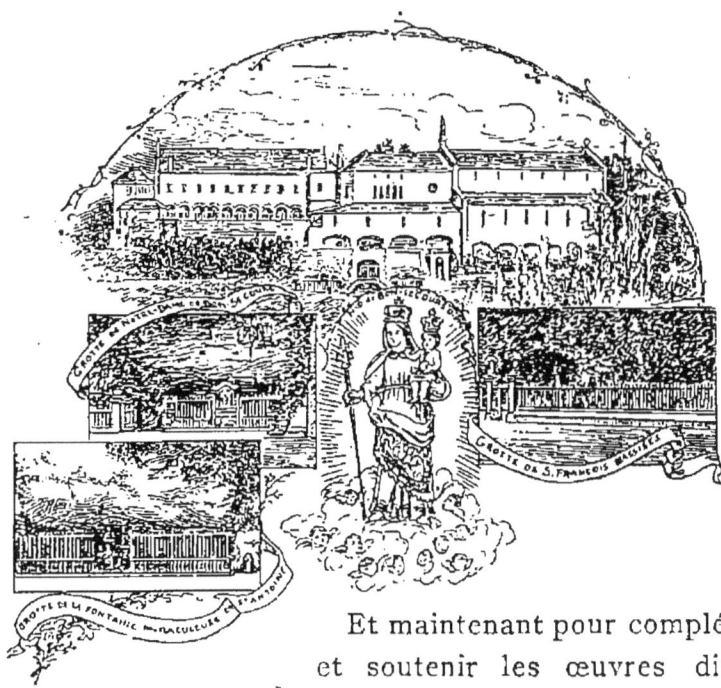

Et maintenant pour compléter et soutenir les œuvres différentes et si utiles des chères Grottes de Saint Antoine de Brive, disons en nous appropriant une célèbre déclaration : « La parole appartient « aux serviteurs de saint Antoine, et l'avenir est à « Dieu ! »

Vue générale du Pèlerinage.

TABLE DES MATIÈRES

DERNIERS JOURS

LA CANONISATION

FÊTES DE LA CANONISATION
A BRIVE.

FÊTES DE LA CANONISATION
PADOUE ET L'ITALIE

Abbeville. — Imprimerie C. Paillart.

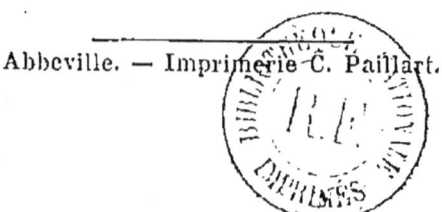

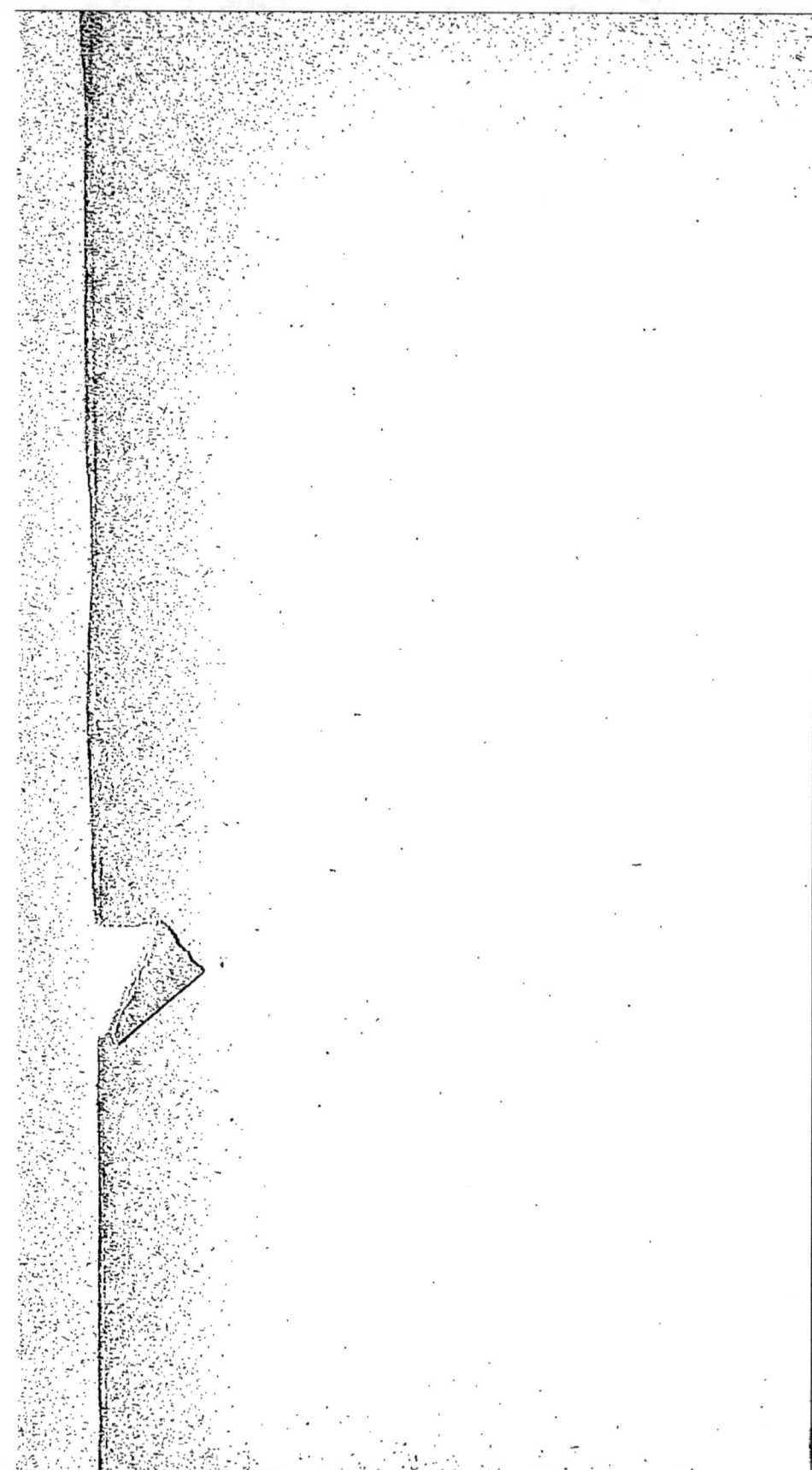

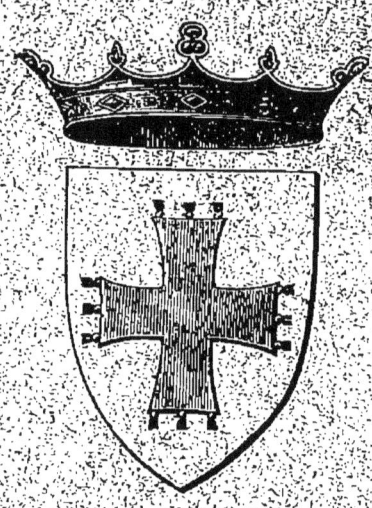